草木长孟夏

兰芳／著

天津出版传媒集团
天津人民出版社

图书在版编目（CIP）数据

孟夏草木长 / 兰芳著. -- 天津 : 天津人民出版社, 2018.5（2025.4重印）

ISBN 978-7-201-13220-4

Ⅰ. ①孟… Ⅱ. ①兰… Ⅲ. ①散文集–中国–当代 Ⅳ. ①I267

中国版本图书馆CIP数据核字（2018）第073401号

孟夏草木长

MENGXIA CAOMUZHANG

兰 芳 著

出　　版　天津人民出版社
出 版 人　黄　沛
地　　址　天津市和平区西康路35号康岳大厦
邮政编码　300051
网　　址　http://www.tjrmcbs.com
电子邮箱　tjrmcbs@126.com

责任编辑　张　凯
封面设计　于　芳

制版印刷　三河市同力彩印有限公司
经　　销　新华书店
开　　本　660毫米×960毫米　1/16
印　　张　16.5
字　　数　185千字
版次印次　2018年5月第1版　2025年4月第3次印刷
定　　价　55.80元

不会写散文的她出散文集了

（代序）

兰芳说她的书要出版了，我说，别忘了到老陈的坟头上祭奠一下，说一声，以告慰他的在天之灵。

老陈是我多年的知己，和姜兰芳在同一个城市，我和她相识，也是他介绍的。开始时觉得好奇，老陈的性格是不会轻易怜香惜玉的，这次却对一个农村妇女充满同情，话语里也满是惋惜与怜爱，他总是说：“这个娃是个人才，糟蹋了实在可惜，得有人重视她……”我说：“金子总是金子，放到哪里都是金子，总有一天会被人发现的，你多虑了。”

我从《中国妇女报》上的一篇报道中了解到姜兰芳的处境和经历，便开始注意她。她利用农闲之余创作的三部长篇小说都是农村题材，都以女性做主人公。而在她的笔下，三个女性主人公金雁、翠花和白玉洁都作为大美女出现，也都以死亡终结，不知道这种安排是她自觉行为还是有意为之。书中的悲剧之美让人叹服，特别是《婚殇》

这本书，曾在我的朋友圈里引起了极大的轰动，赢得很多人的共鸣。

她在没有经济来源且艰苦的环境下写了那么多散文，而且文笔不俗，这是我没想到的。此前她曾说过不会写散文，说只是觉得有些事不记录丢失了可惜。细细品读姜兰芳的散文，发现她写的就是一些家常小事，现实生活的琐碎和一地鸡毛都被提炼加工当成素材，对生活的感受、生活中的人和事随时会进入她的文章，俯拾皆故事，让人有身临其境之感，事件细节描写真实可信，感情真挚、原汁原味，语句朴实感人，文字率真，读罢有妙不可言之感，老道的文字唠家常般讲述着人性中最真实和最感人的东西，非常接地气。她还善于把自己的喜怒哀乐或者一些大道理融入文章中，字里行间体现出的是真诚，传递的是正能量，透出的是扎实的文字功底。

老陈去世前，嘱托我关注姜兰芳，并告知了她的联系方式，于是，我和她的交往多了起来。她作为《黄鹤楼周刊》的特约记者来武汉，凑巧和我相遇，和她谈话，感觉她对朋友的交往尺度拿捏得特别好，不巴结，不排斥，不太近乎也不太疏远，真实自然，不矫揉造作，更不趋势求媚。这是我很少遇到的，她的这种待人方式让人顿生敬佩之感。她的质朴、谦逊、善良、真诚，以及为人处世的达观态度，给我留下了深刻的印象。

姜兰芳是安静的、低调的、耐得住寂寞的，尽管小说连载后受读者喜爱，湖北这边就有很多她的崇拜者。然而，不管外界怎么看她，她始终默默地写文、读书。我曾建议她不妨去凑凑文坛的热闹，她反对，认为那样太累太没意思，“咱干咱喜欢的事与其他何干”，如同深谷幽兰“不以无人而不芳”，她在文章中写道：“我承认我无能，但我对生活的要求也不高，吃喝穿戴我都能凑合，只要饿不死冻不死就行，每月有一百到两百元钱的收入就是我求之不得的事，就足够我生活费了，我就可以衣食无忧安心地写作。”“……这笔钱也许就是我以后的‘写作经费’，我就可以给自己放假，名正言顺光明正大地爱我的文学，安安静静地看书写字，也许能和很多作家一样，高桌子趴着，低板凳坐着，被玻璃窗透过的暖阳照着，来一次和文学的亲密接触、体验一次写作的高级享受……我将不再四处奔忙打工养家，瞬时的写作灵感就不会自生自灭了。更重要的，如果有钱，也许我会安安静静地写质量高一些的文字。”“我真的想有一天能圆自己出书的梦想，我想让文字替我结识那些崇拜但无缘相见的人，想让我的书替我跑路，去我想去却去不了的地方！”“我写的文字也许离文学作品相差甚远，更不懂写完后怎么办。我在写之前根本没有考虑相关的出版规定与销售。不过，我是用心爱写作的，它已经成为我生活的重要支撑。感谢那些被我拒绝的记者朋友。我一向言笨，只有抽空多读书多写东西，用作品替我说话，让大家认识我吧！”

不断阅读了她的文章，为她不俗的文笔叫好，同时一次次被她好学上进的奋斗精神所感动，也终于明白老陈何以如此看重她了。不由自主把关爱的目光投向她，尽全力支持帮助她，希望她早日破茧成蝶，过上无忧无虑的幸福生活。

为她能尽快出书之事，我曾在新浪网上多次呼吁社会给予农民作家大力支持，也给地方相关人士专函推荐，尽一位老编辑的绵薄之力。现在看到自称不会写散文的她写了这么多的散文，得知她遇到好心人，出书梦就要成真，不由得为她高兴，分享她出书的快乐，同时也希望她不言放弃，再接再厉。还是那句话，金子总是金子，相信姜兰芳的文学之路一定会越走越好，祝福她！

夏承仁

于武汉东湖之滨、南望山下

目　录

第一辑　人生况味

第二辑　风逝流年

第三辑 生活杂碎

第四辑 真情难忘

第一辑

人生况味

巧合

阿珍三岁的儿子小宝在医院眼科住院，哭闹时将手中的玩具扔了出去，不偏不斜正打在对面床上刘叔的脸上。刘叔当时就疼得龇牙咧嘴，他的脸很快就红肿起来。大伙赶紧叫李医生给他诊治。

消肿以后，刘叔硬是不让阿珍掏医药费，还经常给小宝讲故事，买好吃的。小宝也怪，就爱听刘叔说话。刘叔出院时，阿珍让儿子叫刘叔干爷。刘叔也留下了地址，他把小宝搂在怀里说："别忘了常去看干爷啊。"

听说我要去北塬，阿珍和儿子都要和我一块去，说是顺便去看看刘叔。

出租车在路上跑着，阿珍和小宝坐在前排，不时扭头和后排的我说话。她说得最多的就是刘叔，说他如何如何好，如何如何爱小宝。我正听得入神，车子猛然加速，我赶紧抓住前边的隔板，避免自己身体撞上去。还未坐稳，又听"砰"的一声，像发生了地震。等我回过神来，才知道是后面追尾了。

阿珍见我呆呆地坐在那里，着急地问我怎么了，我说休息一会儿就好了。阿珍闻言下车和司机在说着什么。没过多久，一辆救护车过来要拉我去医院，我傻了，急急地跳下车向一边跑。阿珍却催促我赶紧上。我说我好着，不去，可司机和阿珍连拖带拉硬是将我弄上了车，说要先检查检查。

在门诊处，大夫问我哪儿不舒服，我照实说："开始只是有点害怕，现在缓过神来感觉没啥。"

大夫低头不断写着什么，然后抬头看着我说："住院。"

我拿过病历一看，"头部多处血肿，昏迷半小时"。什么呀？我急了，这分明是胡说。我要和医生理论，阿珍拉住我说："人家车主都打电话说了，你就尽管看病，啥都不要管。"

有人拿着担架要抬我上楼，我躲开，赶紧撒开腿，一口气跑上三楼。阿珍气得直翻白眼："你就是好着，也在这儿歇几天，又少不了你的钱。"

我躺在床上，翻来覆去觉得不妥。我好好的一个人，住医院干吗？于是我拒绝医院给我做任何检查和治疗。

甲护士过来对我喊："一床验血、验尿、验肝功，还要化验。"乙护士拿着血压计、体温表等进来，但她还没走到我身边，我就用语言和行动把她赶了出去。甲护士又让我去做心电图、透视及各种超声波的检查。

甲护士这回手里没拿血压计和体温表，而是拿着一叠纸片，高高地扬着，说："一床有几十项检查必须赶紧做，这是规定。"

我还没看完单子上名目繁多的检查项目，就有床车接我去B超室。天啊，这不把好人折腾病了才怪！

我找到医生，坚决要求回家，医生只好答应我。

阿珍坐在一边生气，嘴里直嘟囔：“你真是个榆木疙瘩，能把人气死。”

刚准备走出病房，就听见门外有人说话，接着出租车司机走了进来，他后面还跟着一个人。

“就是这娃！”司机指着我说，然后又指着来人对我说，“这就是肇事车车主。”

来人赶紧将手中的大包小包朝我手上塞：“娃，要紧不？我那儿子大学刚毕业，没经验，头一次开车出去就出了这事……”

还未说完，只见阿珍突然跑到那人身边，拉住他的手，说：“刘叔，咋是您呀？您怎么，”说完她又转向我，“小芳，这就是我说的小宝他干爷呀！”

我笑着问阿珍：“咱还住院不？”

阿珍看看我，又看看刘叔，红着脸，不好意思地笑了。

红装英姿　鼓舞人生

——记沣东办北槐村巾英艺术锣鼓队

三月二日，春阳暖暖，笔者来到书画家钟明善先生的家乡，位于渭河南世纪大道东段的秦都民俗文化村——北槐村，老远就看见写有“沣东办北槐村巾英艺术锣鼓队”的条幅在春风里荡漾，像在使劲欢迎每个进村的人。

“咚咚呛咚咚呛”忽闻鼓声阵阵，村民告诉笔者，那是村里的女子锣鼓队在表演。循声望去，只见人头攒动，热闹非凡。一群女子击鼓跳舞，红装粉黛纤手绿袖，鼓槌翻腾锣镲齐奏，边鼓边舞英姿飒爽，一个几十人组成的女鼓手方阵被围观的群众围在中央，鼓点多变，鼓槌跟着节奏上下翻飞，槌樱晃动；钹饰鲜艳，鼓声铿锵激昂，队形千变万化，舞姿千姿百态，闪转腾挪，整齐协调，气势恢宏。这边欢蹦跳跃热烈奔放，那边是凤凰展翅婀娜多姿。先敲一个“喜庆丰收曲”“万民齐欢送盛世”，再舞一段“三秦儿女展风采”“莺歌燕舞构和谐”……好一个热爱生活，乐观向上的风景！好一派“祥和盛世太平年，喜悦在人间”的画面！

“平时这个时候都在打牌，要不就是围在一起东家长西家短地拉是非，现在戳事闹非都没时间了。”村民说。

北槐村锣鼓队是2015年元月群众自发自建的。地被征了，闲时间多了，村里麻将风盛行。看到这种情况，徐仙琴和王亚亚等牵头组建了锣鼓队，村主任董永锋更是全力支持，王亚亚个人也是费心费力投入全部精力，购买了服装、锣鼓等家伙，还从兴平聘请教练段权耀，以凝聚大众信心。现有人数八十多人，徐仙琴和王娟为队长。

这是在传统的基础上创新的艺术锣鼓，以鼓、舞结合，混入时代风采，将表演、武术、杂技、舞蹈相融合，既有打击乐器之阳刚，又有舞蹈艺术之柔美。

教练段权耀说：“大家的热情还是很高的，有时为了一个动作要练很多遍，很多妇女没事就琢磨，刻苦训练，把我都感动了。”

村里有位姓王的大嫂，过去因为喜欢闲逛和打牌，导致家庭不和，后来加入锣鼓队，竟爱上了敲鼓，再也不打牌了，夫妻关系也得到改善。还有位退休回乡的樊大妈，适应不了无所事事的现实，整天愁云满脸，疾病缠身。爱上敲鼓后，身心愉悦，疾病痊愈，人也变得开朗豁达，连过去婆媳不和的现象也改变了，有段时间下雨不能训练，她说她就在肚子上敲，晚上做梦都梦见敲鼓呢！

徐仙琴说：“我们每天都要抽两个多小时的时间训练，现在技艺提高了，逢喜庆佳节，商场开业典礼，希望我们的锣鼓能给大家助兴。”

喜庆的锣鼓敲起来！这是激情澎湃狂欢无限的时刻，这是催人奋进令人鼓舞的场面！这是慷慨有力粗犷雄奇的鼓点！这就是我们北槐村的农人，这就是我们北槐女子的飒爽英姿！这就是淳朴的乡风民情！这就是民间艺术的古色古韵！敲吧，敲出快乐，敲出三秦儿女的风采吧！

真是：

北槐巾英锣鼓团，秦风秦韵永承传。

千锤百炼出真果，西咸新区新罗汉。

冬日暖阳

我的手里拿着书，就像怀里抱着娃。书是我的小说《婚殇》，这是2003年就已经完成了的，放了整整十年。十年间为出书我吃尽了苦头，十年后多亏陕西文学基金会出面，我的书才得以正式出版！

刚才朋友来电，说让写写出书的那些事。一下子像打开了话匣子，摊开纸，拿起笔，一吐为快吧。

我喜欢看书写字，起初，在村里成了人们嘲笑的对象，他们说写那个不挣钱，家人为此也和我闹别扭。亲友们劝我别写了，但我无论如何就是放不下。也怪，人都说写作是件苦差事，但我一旦投入写作，就忘了所有的烦恼和不快，写作是我最快乐的事。让我放弃写作，就是让我放弃快乐，我怎么能心甘情愿呢？

2003年，我完成了三部所谓的长篇小说。一位编辑看了，说要给我登连载，但说字数要删掉一半。我问怎样才不会删掉这么多，他说那就出书吧。

书不是一般人随随便便说出就能出的东西，以前看到人家出书，我只有羡慕和向往。出书虽然普遍，作家也很多，但对我这个土命的庄稼人来说却非同寻常。我开始发愁，愁我的“庄稼”烂了一地，愁我的“娃”没安顿，愁没法腾地栽新苗。我就这样愁肠百结，整日闷闷不乐，茶饭不思，加上好多烦心事，竟然得了严重的胃病，一位不负责任的医生误诊我得了癌，我当时心里唯一放不下的竟然是那些辛辛苦苦写出来的文字！

随后的日子，我便开始为出书伤脑筋，想办法了。

为了挣出书的钱，我抱着儿子摆地摊。有时候，儿子哭我也哭；我去外地打工，拉石头、和水泥，手上磨出血泡；我四处奔波，给工地做饭，去市场装菜……

然而，两年下来，还是没有挣够出书的费用。我不知道该去找谁，一时间老虎吃天无法下爪。

好多人以给我出书为名，却另有所图，我退了他们的钱，断然拒绝了；有人只说不做，给媒体说要资助我出书，却等了七八年依然杳无音讯；有钱的闺蜜说她一定帮我，约去外地见面，谁料骗我进了传销组织。

几年下来，家里的积蓄被我折腾光了，花了两万多元钱，却连一本正规的书也没有出版。

村人闲聊说：“钱总归都有个去处，人挣的钱都有个葬送的地方，老张家葬送到公检法（俩儿子常犯事），老王家葬送给大夫家（都是病人），兰芳家葬送到出书上。”

处处碰壁，加上村人讽刺，我一筹莫展，心凉到了极点！

2012年11月12日，天气特别寒冷，来要账的人在门外喊还他的水泥钱；爱人骂我想出书想疯了，连传销都信，把买摩托车的钱都葬送了；妹妹来电问我拿父母的两万多元啥时还……

我心烦意乱，坐在窗前，心比天气更冷。听着玻璃被风吹得砰砰直响，看到外边一切在我的泪眼里朦胧着，扭曲着，回想近十年寻求出书的遭遇，从没砸过东西的我竟然想都不想就一拳砸在窗玻璃上，玻璃碎片扎得我鲜血直流。我开始哭泣，开始对自己失去信心，开始绝望……

两万多元啊，对你们挣工资的人来说不算啥，对我却是巨额资产，这是血汗钱啊。我没有用它修漏雨的房子，没有用它给父母看病，给父亲买轮椅，买大点的床和好吃的，父母如今睡的还是几张小床拼成的咯吱响的床。说过很多次要给他们买，带他们去玩，然而，我把钱和心思全用在出书上了，没尽孝心，就让人连哄带骗了个光！爸，妈，狠劲抽你这个女子几巴掌吧！

唉，人家纳鞋底子都能卖钱，村妇做的绣花鞋都抢手，焊大铁门的都赚了，难道我的文字就没人要，就这么样不值钱？

天黑了，天亮了，起风了，有雾了，我就那么呆呆地坐着想，第一次对文学产生了怀疑。我在犹豫，自己是不是错爱了写作，是不是不应该如此坚持？

也许我根本就不是这块料！

我决定放弃了，决定混日子，像有些人一样行尸走肉般生活，进入等死模式。就在这时，我的手机响了，陕西青年作协的负责同志打来电话，说让我发稿子过去申报，有免费出版的机会。接着王芳闻老师、杨焕亭主席、王海宁、颖芳等作协领导陆续打来电话向我介绍相关情况，动员我快速报送稿件。咸阳作协主席杨焕亭老师说，得知省文学基金会将资助业余作者出书，他找不到我的联系办法，急得给好几个人打电话询问。

犹如一股暖流注入我的全身，希望的祥云笼罩着我，我惊喜异常，不再烦躁，不再绝望，不再颓废。

难处给一口，胜过平日给一斗！此时，阳光正好穿过雾霾透过碎了玻璃的窗洒进室内，那么明媚，那么灿烂，我的心被暖阳照得很亮很暖。

拥抱着令人陶醉的阳光，我知道自己遇到了贵人！

不久后的一次文学活动中，李春光老师叫来王芳闻老师，并介绍我们认识。那是我第一次见王老师。女人的直觉告诉我，这是一位与众不同的女人，她着装得体，举手投足间显出一种优雅高贵和清新大气，浑身上下透着一种书香气质和一种强大的气场，有一种超凡脱俗的感觉。她拉着我的手，看着我，目光和微笑中，带着一种温和宁静与慈善悲悯交融的东西，说不清，却感觉很亲切。她的手很好看，我粗糙的手被她握着，如同被暖壶暖着。她说，经过专家组认真评审，严格筛选，我的书稿通过了！

她的声音不大，柔柔的，话语却如涓涓细流般滋润着我，一直温暖到我的心窝里，让我重新看到了希望，鼓起了理想的风帆，点亮了我梦想的灯塔！

2013年12月25日，我接到通知，告知我，因为基金会给省慈善协会的推荐，我和其他几位作家的书将要正式出版，26日《婚殇》将在西安正式签约！

王老师怕我误了行程，一再电话说明日期和路线，就连发言稿她也没忘告诉我应该怎么写，鼓励我大胆发言，言语里的关爱俨然就像我的亲姐！

去签约那晚住在酒店，文学基金会一位老师夜晚来短信，嘱咐我用心把事办好。王芳闻老师更是非常关注，操心着我的安全，问我到了没有，应该和谁联系，和谁住一房间，是否习惯酒店的饮食等。

在她和陕西文学基金会其他老师的帮助下，我放置了十年的书稿终于付梓出版！

不要说这是区区小事，试问一下，哪省文学基金会的领导会如此关怀一个普通的农民，能做到如此细致入微，为业余作者考虑这般详细呢？

慈善不仅能温暖人心，也可以让生命升华……是省文学基金会四年来的全力支持，反复协调省上各部门，我的书才能出版，如果没有遇见陕西文学基金会，没有他们的教导指引，以及殷殷关爱与鼓励，我出书的心愿也不知何时才能实现。

你们的支持是我前进的动力与坚持的理由……感激、感动、感谢，一个最底层的农家妇女，竟然得到如此关心，我真的是热泪盈眶了！

写作给我带来了快乐，给了我人生的尊严，让我活得滋润饱满。同时，也让我收获了这么多感动，我觉得值了。

前几天见到一位同学，她说：“你如今不一样了，基金会给你出了书，人家都知道你了。”可不是吗，由于基金会和作协领导的大力推荐宣传，很快，《中国妇女报》等几十家媒体报道了我写作的事，每天都有读者寄来买书款，全国各地都有。很多读者多出书款几倍甚至几十倍，我觉得这已经不仅仅是钱了，是对我的认可和支持。我把他们的名字记在“爱心书款”里，也记在心里。我用爱心书款给自己买了电脑、手机等，我感谢社会各界把关爱的目光投向我。

在这里，让我再次感谢帮我圆梦的人，是你们教会我对人生价值观的重新认可，让我在文学创作的道路上继续走下去。生在这样广袤深厚的文学沃土之上，我是幸运的。我不会辜负基金会老师的好心，我用一颗感恩的心感受阳光，用爱心做事，用感恩心做人，用好作品回报各位领导和各界人士，为陕西文学的繁荣和发展奉献自己的智慧和力量。

壮壮和狗

壮壮是我的同学，印象里他喜欢唱歌，很小的时候就显露出音乐天赋。在公社举办的一次音乐演唱会上，他的二胡独奏还获过奖。他上学时成绩很好，然而，高考时却因四分之差落榜；第二次再考时，由于父亲突发疾病，他迟到了，路上还被小偷偷了包。准考证的不翼而飞彻底改变了他的人生轨迹。十年寒窗苦读竟然换来这样的结果，要强的壮壮想不通，从此，他患了精神分裂症。

病愈后壮壮变了，彻底变了，从内到外都变了。他一改先前的优秀品行，开始欺弱霸女，甚至打母亲、砸路灯、推墙、毁庄稼、拔苗、点麦秸、烧房，整日蓬头逅面邋里邋遢。如果谁家地里的塑料大棚被戳了一个又一个窟窿，准是他干的。

从害怕到憎恶，从憎恶到疏远，每遇红白喜事吃饭时，他常常被挤到一边，有的人还偷偷向他吐口水。

村支书李安却一直很同情壮壮，送他衣服，给他饭吃，还一次次带他去检查身体。也许是真情打动了壮壮，先前那个善良的壮壮又回来了，看见老人和小孩他会主动上去帮忙，扶老携幼助人为乐，谁家水龙头忘记关了他看见会帮忙关，谁家垃圾袋满了他会帮忙倒。

他也没忘记回家，屋里有他瘫痪在床的老娘。他给他娘捶背、洗脚、擦屎、倒尿，用卖破烂挣的钱给老娘买好吃的。娘俩泪眼相望，相拥而泣。娘哽咽难语："可怜的儿啊！没考上大学你咋就这样了呢？"

壮壮哭："可怜的娘，考上了我咋能少吃没喝的忍饥挨饿？都怪大学的门不给我开！"

支书李安把壮壮拉进农场，说："你给咱看大门，有狗帮你呢，这狗是狼儿子，猛得很，你的活不重。"

农场在村外，离村六里远，过一段公路就到了。

狗是黑狼狗，不大，却凶猛异常。据烧饼店老掌柜说它是母狗与狼交配所生，一生下来就显出狼性，支书曾想带回家养，可不行，没几日就送这里来了。它常常被粗大的铁链拴在树上。

见壮壮进来，狗狂吠不已，跳着，蹦着，疯狂挣扎。壮壮看着，真想替黑狼狗打开锁链。因为他在发病时，也被村民们用铁链绑过，他们把他拴在街口的电线杆上，所以他知道狗很难受。

和狗相处了一段时间，壮壮觉得它也有温顺听话的时候，有时喂吃食，还可以用手摸摸它光滑的皮毛，狗也很可爱呢。

这一日，壮壮将铁锁打开，但还没等他松手，狼狗一溜烟奔出农场，果真像狼一样咬人伤人，庄稼、衣物、门窗等均惨遭破坏。街上大人哭小孩叫，家家不安。

第二天，几个壮小伙怒气冲冲地闯入农场，举刀欲杀小狼狗。壮壮抱着人家的腿奋力夺刀，又跪下道歉，泪水流了一脸，哭说再也不会让黑狗伤人，甘愿剁指头发誓，情急之中真的剁下了左手小拇指。

最终，小狼狗幸免一死，但又被锁在几条粗壮的铁锁中。

壮壮很爱狗，没事时就和狗说话，狗像能听懂似的，真的变得温顺多了。关了农场的铁闸门，壮壮小心翼翼地放了黑狗，但竟然与上次不同了，黑狗再也不那么疯狂了。壮壮就给狗去掉铁索链，换上柔软的绳子。有空还给它吹唢呐，优美的声音在农场上空飘荡，狗也随着音乐跳跃翻滚，撒欢一般……

用情来感化，“凶狠”也能变成“温顺”！

也许太兴奋了，也许劳累过度，壮壮突发脑溢血，狗在他跟前焦急地跑着叫着，舔他的手、腿和脸。发现壮壮没反应，狗急了，开始像人哭一样呜咽，把它的爪子放在壮壮的手上。黑黑的爪子似乎是根救命稻草，壮壮像跟人握手一样握着它，他终于体力不支，昏倒在农场的大门里了。黑狗见状，急得嗷嗷大叫，上蹦下跳，左突右扑，扯断绳子撞开大门冲向门外。

黑狗发疯般向村支书家的方向跑去，因为它跑太快，被迎面开来的一辆小汽车撞倒，狗躺在地上颤抖，它一颤抖，又滚了一下，猛地站起来，越过小汽车继续往前跑。前边又来一辆大车，虽慌忙躲避，但已逃避不及，车压上了狗的后臀，狗挣扎着奋力向前挪动，一点点地挪，一滴滴鲜红的血洒在地上，狗一跛又一跛，一颠再一跳，只管朝村里挪去，身后长长的血印触目惊心。

它在支书家门口倒下了，一会儿又挣扎起身，狠劲地抠门抓门，号叫不止。

明白过来，支书和乡党们一起朝农场跑去，医生来了，壮壮抢救无效，永远闭上了眼睛。

狗艰难地走到壮壮身边，舔他的手和身子，不住地嗷嗷哀鸣，声音凄惨悲绝，催人泪下。

狗就这样不吃不喝，虚弱地卧在壮壮身边，哀鸣着，喘息着，直到死亡。没有一个人能看出它是狼的后代！

朋友，祝你快乐

送走中秋佳节，国庆节又翩然而至，祝福的话语就又在我们耳边响起。丈夫问："祝你快乐，真的就能快乐吗？"

我说："能！"

十八岁，花一般的季节、编织梦的年龄，我却在这时走进婚姻的殿堂。没有任何心理准备，似乎不知不觉被人推入围城了。只是感觉婚后的一切都不是自己想要的，于是总是郁郁寡欢。而最让我烦闷的，是周围竟然没有一个人支持我写作，虽然我那样渴望与有文化的人交流。

没有朋友，当然也就没有人送祝福给我。节日对我来说只是比平时更忙碌罢了，至于生日，那更是只能从文学作品和影视里有关生日的场景中去体会。久而久之，那个日期的颜色仿佛慢慢地被淡化了。

但我却始终没有淡忘自己的文学梦想，2006年，我相继走进省、市广播电台，述说我对文学的追求。从那以后，我便有了很多朋友，过节和过生日都会有祝福纷至沓来，快乐也会随之而至。

2006年，我的生日那天凌晨，躺在床上就听到座机铃声清脆地响起，一位蓝田的文友在电话那端大声祝我生日快乐。紧接着手机也响了，无数个祝福、无数条短信将我包围，让我感动得无以复加，心也变成一片幸福的海洋。

丈夫帮我接完电话，朝我直乐："咱家的电话都快成热线了，没想到还有人关注我媳妇的生日！今天你轻松轻松，去玩麻将。"

我被丈夫拉进了牌场，虽不大情愿，但不想扫他的兴。谁知几圈下来，居然都是我赢。后来我索性胡乱出牌，邪牌犟色子，结果又是杠上开花。

我有点不好意思，我说："今天这牌邪门儿！我赢了大家这么多，牌还兴得不得了，我实在不能再赢你们了，可不想和牌却老是自摸。这牌我不能玩了。今儿是我的生日，我请客，行不？"

大伙齐声赞同，其他牌桌上的人也都停止码牌，有的去买肉和菜，有的摆盘摆酒。我惊讶地发现，竟然有人买回了大大的生日蛋糕！

爱听戏的婆婆说："兰，你开了音响唱段戏，甭害怕！"

我放开嗓子就唱了段秦腔《花亭相会》，音准不准、声亮不亮已无所谓。谁料唱罢好多人夸我："唱得好，还有张宁的味道呢！"嗨，管他呢，唱着开心，开心就好！

那一天我很幸福，快乐成了我的主色调，而这绝不是因为我赢了钱！

2007年，生日那天我照样在大家的祝福中快乐地度过。就连三秦百花诗社几位年长的老师也给我发了生日祝福的短信。下午三点多，我打开广播，正好听到文友苦果在朗诵诗歌祝福我，他刚说完，主持人李宏就说："是吗？我也祝姜兰芳生日快乐！"

我感动得热泪盈眶。因为感动，所以幸福；因为幸福，所以快乐！也难怪，有这么多人祝福我，我能不快乐吗？

有朋友祝福的日子真好！

也许你一直都很快乐，那正是因为有朋友的祝福，因为有朋友在牵挂！不要不理不睬，那祝福是朋友一颗真诚的心啊！

时值国庆，我在此感谢那些给予我温暖的朋友们，谢谢你们一直以来的鼓励，也顺祝所有的朋友节日快乐。

胖 嫂

胖嫂是老胡的老婆，老胡其实也不老，也就刚五十出头，但他常年病卧在床，靠胖嫂照顾。胖嫂比老胡小一岁，但体格比老胡魁梧多了，五大三粗的，腰部肌肉太过丰满，腰围过了三尺，磨盘一样大的屁股用我们方言说简直就是能抡盆！满月脸又圆又胖，下巴处的肉一嘟噜一嘟噜的，像马上要掉下来似的，胖嫂的称呼就是因了这个叫起来的。

家里有病人，儿子上学也要花钱，平时，胖嫂就在村口经营一个烟酒店。

那天早晨，胖嫂打扫了店里的卫生，拿着笤帚立在门口看东头的酒鬼打老婆。她刚准备上去“拉架”，这时，来了一群穿制服的人，都是一脸严肃的表情，看见打架也不拉，有一位说：“打，看谁能打过谁！”说完就走进胖嫂的店里。

胖嫂被这些冷面孔吓住了，她有些紧张，手都抖了，不知道把笤帚放哪儿好。记得去年有穿制服的来，要胖嫂交卫生费和管理费，胖嫂说村里没地了，村里超市多，店里也没生意，能否少交一些，自己家实在有困难。“制服”就说：“谁能证明？叫村干部来！”谁知村干部来了，却让那些制服收取的费用更多。

胖嫂很生气，之后问村干部：“街上的卫生谁打扫呢？上次有人来闹事都没人管，还收什么管理费、卫生费？我家那情况你怎么还说不错呢？你……”

村干部摆手不让胖嫂再说了，他看着货架上那几瓶高档酒，说：“你吃得白胖胖的，我说你家穷谁相信呢？”说完拿了几瓶酒就走了出去。

事后有人告诉胖嫂，村里有几家店没有缴费，说看见有村干部跟着……胖嫂就去另一家店问了，那店主红和胖嫂关系比较好，就说了实话：“你送烟送酒给村干部，没准就不用交费了。”

那晚，胖嫂就用一个黑袋子装了好烟好酒给村干部送去了。村干部眉开眼笑，当时就说：“明年的费用没人敢收你家的，交不交费村上说了算，谁收都得他同意。”

可是，今年怎么？胖嫂刚才分明看见这些人没去别的店啊，莫非村干部忘了自己的烟和酒？

当“制服”催款时，胖嫂狠狠地丢了手里的笤帚，笤帚弹了一下，差一些抽在“制服”身上。

胖嫂说：“等一会儿，我叫村主任来。”

村主任没来，他在电话里说：“就不收其他店，只收你的，今年过年给你家敲家伙你给了多少钱？人家店都是上千上万的拿呢，你不支持我吗？这费你得交了，要不人家把你店里的货拉走你可别怪我。”

每年春节，村里都要组织锣鼓队挨家挨户敲打一通，说是拜年，其实谁都知道那是来要钱要物的。说是锣鼓队，其实也没有鼓，就是一种恰啪，实际也就十来个人，村干部也在内。村干部不进家门，只在门口看着谁给得多，有时也掏本子记数，大家就害怕没给钱也被记了。敲谁门口谁不给能行？不说面子丢不起，就是村干部看着，你能让村干部不高兴？那除非不想在村里混了。村主任跟着，到谁家门前谁家就得好烟好酒奉上，随后一沓钱交到村主任手上。

锣鼓声远去了，大家私下就骂村主任，干脆说交钱不就得了，难道还不比卖唱来得直接？卖唱逢年过节在门口咿咿呀呀地唱，完了就几块钱还说些祝福词，临了千恩万谢，村干部借拜年只收钱连个好脸色都不见……

过去老胡好着，胖嫂就送钱送物。今年老胡病着，说让那锣鼓不要敲了，赶紧走，他听了心口疼。胖嫂就只好递了五十元钱上去，当时就听见村主任不满地嘟囔：“哼，五十元，打发要饭的！把你吃得白胖的……”

没想到这就得罪村主任了，没把他们巴结好，如今……

“赶紧交了吧，再磨蹭还得交，这么胖没钱谁相信呢？”

胖嫂在店里翻腾，她实在凑不够那不算小的一笔钱，她想了一会，说去红那儿借点，说完就跑了出去。

天阴着，看不见蓝天白云，胖嫂的心情和天气一样阴云密布，看什么都不顺眼，尤其自己的胖身子，这时候令她讨厌至极！她没有像以前那样叫红，而是一声不吭地进了红的店。

到了后面，胖嫂惊呆了，只见红正把一条条烟朝锅里放，直到放不下了，这才盖上锅盖。抬头看见胖嫂，她有点惊讶，随后着急地说：“一会村主任要来，这些肯定都要招祸，村南超市都把烟藏在炕洞里呢……我已经明白了，村干部都是白眼狼，拿了好烟好酒明年咱照样还得付‘敲鼓费’，免不了的，不如省点‘酒钱’出来去交‘敲鼓费’。”

胖嫂说：“就是，我就是因为‘敲鼓费’给得少，唉！人家这会儿要钱，我才向你借的。”

红说：“谁让你富态得像个有钱人呢？”

胖嫂拿着钱往店里赶，两条腿费力地支撑着笨重的身子。她骂自己胖，她想如果瘦成一根蒜苗或者瘦成豆芽菜，脸不圆，腰不粗，下巴底下没肉了，“制服”能不相信自己的话，能不发发善心吗？

她想自己一定要减肥。对，减肥！她咬了一下肥厚的嘴唇！

邮政局里这“俩牛”

——记陕西省咸阳市南郊邮政支局牛渭舟、牛景杰

南郊邮政支局位于陕西省咸阳市世纪大道中段，周围村寨众多，来此寄发邮件、储蓄的客户大部分是村民。也有曾经受到过牛渭舟和牛景杰两位的热心服务，村民们提起他们就赞不绝口，用他们的话来说就是：“邮政所里那俩牛嘹扎咧！”

爱岗尽职的局长牛渭舟

不满四十岁的牛渭舟，穿着一身标准的制服，精神抖擞地在客户跟前一站，一脸微笑马上就拉近了与客户的距离。一晃牛渭舟进入邮政行业已经十七年了，他几乎将自己的青春年华都贡献给了邮政行业。

他的父亲牛智敏曾经就是一名绿衣使者，那个年代父亲用自行车送邮件，两边放着两个大挎包，整日风里来雨里去，跑遍了周围村村寨寨的大街小巷。那种兢兢业业的精神深深地影响了牛渭舟，牛渭舟

不知不觉就爱上了象征着和平与友好的邮政绿。部队复员后，牛渭舟就和父亲一样成了一名邮政人，他立足于本职工作，任劳任怨，不怕麻烦，真诚地为用户服务，不久被推选为支局局长。

我认识牛渭舟是在他刚进邮政局不久。我需要订一本文学刊物，因为视力不好，就让家人代为订阅，谁知去了两次均说订不成。我就急了：“邮局就是订书的地方，邮局连书都订不成那到哪儿可以订呢？”由于不知道他们不办理报刊征订业务，误以为是故意拒绝，我气冲冲地找上门去，接待我的就是牛渭舟。我大发脾气，大吵大闹，说他看不起穷人，看不起农民。牛渭舟耐心地跟我解释，让我不要急，把地址留下。

当他第二天把征订票据给我送来时，我被他的真诚打动了。

在牛渭舟住处的墙上，挂着一幅字：“急用户所急，想用户所想。”他告诫员工，责任心是金，要求员工一定要有责任心和正确的工作态度。他就是用这种服务理念引导大家走过一个个障碍，克服了一个个困难，取得了一个个成绩。

该局现有营业员十多名，负责片区不算小。在信息快速发展的今天，信件被短信、电脑、微信等取代，储蓄业务也就应运而生了，周围有很多家其他储蓄所，加上个别村子的拆迁，局势严峻。经支局开会讨论，牛渭舟带领部分员工负责外围村子存款揽收，每天起早贪黑，跑业务，一门心思谋发展，几乎没有一个完整的休息日。他经常利用早晚和双休日等业余时间走街串巷，积极宣传邮政储蓄业务，也动员身边的亲戚、朋友及拆迁办打听在拆迁村的其他朋友等，做到一传十、十传百。有时为了一笔业务上门动员近百次。功夫不负有心人，在他和员工们的努力宣传下，2014年，个人宣传揽收邮政储蓄现金八百余万，拆迁款揽储达到三千五百万元，南郊储蓄所走上了良性发展的快车道，受到了上级领导的肯定，得到了广大员工的认可。

文明员工牛景杰

和牛景杰交谈，由不得想夸他几句。他嘿嘿地乐："没啥，咱就爱这一身邮政绿。"

牛景杰是南郊邮政支局一名普通的投递员。他投送的这个段是西咸新区，城市规划改造，让这里的住户地址变动很大，为了找到收件人，他往往要跑上大半天。拆迁户邹明迁了两次家，上海寄来的邮件可没少让牛景杰受艰辛。那一天，他从郊区到市里往返了四回，邹明一家过意不去，硬要留他吃饭，见他不肯，索性把一双鞋偷偷放在邮车里。事后邹明说："说个媒跑上一回咱都给买鞋，更不用说他跑我姐家，跑城东、城西找我几回了，不表示一下我们心里过意不去。"

为了搞好邮政投递工作，夏天一身汗，冬天一身土，非常辛苦。但牛景杰心中有用户，想尽办法把邮件送到用户手中。

2015年9月的一天，他和往常一样投递邮件，在投递到沣东办渔王村时，遇见一位行动十分不便的老大爷，说要到邮局领取他儿子从浙江寄回的三件邮包。牛景杰说："大爷，我帮你把这三件邮包送到村里来，你腿脚不方便。"大爷不相信地看了他半天。牛景杰拿上包单让老大爷取出证件，帮老人把相关内容填写清楚，第二天就把邮包送到老大爷家中。老人家十分感谢，倒水，递香烟都被他谢绝。

老人说：“小伙子你这么好，我让儿子回来谢承你。”

在数十年的邮政投递工作中，牛景杰一直以诚待人，坚持“人民邮政为人民”为服务宗旨，在投递工作间隙大力宣传邮政传统业、邮政储蓄业务和各种代理业务，包括机票、电费等，积极完成分局下达的各项任务，在报刊收订中进社区宣传报刊业务和邮政储蓄金融业务，在日常投递工作中发现有拆迁情况第一时间上报。有学生放假离校的要收寄校园邮包业务，在部队有复员军人收寄军包，他都认真办理。

2014年，牛景杰积极配合收寄校园邮包和退伍军包一千余件，发展航空机票两百余张，取得了骄人的成绩。

身为邮政一员，牛渭舟和牛景杰都没有轰轰烈烈的壮举，也没有什么豪言壮语，然而，他们却在平凡的岗位上默默耕耘着，以一颗真诚的心塑造邮政工作者的动人形象，向着更加美好的明天奋进！

渴望和文化人交往

我自己没文化，不到十九岁就从闺房里走出，早早地做了母亲。爱人和我一样都没文化，周围乡亲也没有几个会写自己的名字。

平时，乡村文化生活并不丰富。农闲时除了打牌，就是围在一起闲聊，听得最多的自然是那些因念错字引出的笑话了。

小张的媳妇过去因为家穷，只念过几年书，字就认得几个，但她就喜欢大声念字。一次和小张出门，沿路上，墙体广告、电杆上的标语，反正只要能瞅得见的，她几乎都要念，认不得的字就用“啥”来代替。小张实在听不下去，就说：“咱不认得就甭念了，免得人家文化人听见笑话咱。”

她一听来气了：“怎么了？文化人咋？我非要念！”

那次，她和小张坐公交车，车一停，往窗外一看她就高兴了，说墙上有一排字她都认识，不用“啥”替也能读，随后高声念道：“生育要计划，经济要发展。”

有人听到就笑了，说：“那念yao，不念shua。”

小张也笑着说：“咱这地方把生娃叫要娃，照这样说，要娃都成要娃了。咱生了个娃就是要了个娃吗？”

小张媳妇淡然一笑，走到银行门口，又听她念：“中国人民很行。”

这一出，差点没把人笑死。

乡亲们爱看秦腔戏，戏名念错是常事。老李看戏回来，老母亲问：“看的啥戏？”

老李张口就答：“火烧狗。”

母亲愣了，想了半天，就说她看了一辈子戏，从没看过也没听过有个叫火烧狗的戏。后来得知是老李把《火焰驹》错念成了火烧狗，母亲就说：“你认不得‘火焰驹’三个字也逮个音啊，咋就是火烧狗哩？”

逮音！其实乡下人最喜欢逮音，认不得字或没听准就靠逮音。就是人家说啥没听清就干脆凭听来的音确定。可光听音难免出错。有出戏叫《朱春登放饭》，乡里人逮音都叫他“《猪吹灯放饭》”；有个电影叫《归心似箭》，那回在我们村里放映，我去迟了，一位老者告诉我演的是“浑身是电”……

没文化的人自有没文化人的活法。婚后，我就在村里开了个小卖部，这下，念错字和别字引出的笑话更是层出不穷了。比如，把“麦熟一片割一片”念成“麦热一片割一片”，“颠倒”念成“镇倒”，“患者”念成“串者”，“黔之驴”念成“默之驴”，“尴尬”念成“监介”，“跌倒了爬起来”念成“失倒了爬起来”，“神圣”念成“神怪”，“狠抓”念成“狼抓”等。

有一天，一位大爷来我的店里，张口就说：“买一瓶白猪洗洁精。”

我愣了半天，说：“没有。”

大爷急了，手指货架上的白猫洗洁精就喊开了：“咋？不卖？那不是摆得好好的吗？”

“黑发不知勤学早，白首方悔读书迟。”我知道自己没文化，平日里就不放过一切学习的机会，为此我还订了书报杂志，闲了就翻阅。

这天，报纸送来时我正忙着，就随手放在柜台上。过了一会儿，就听见一位翻报纸的村民大声地说：“呀！怪了！一个马下了两个狗！”

旁边顾客凑近去看，有人就感叹：“真是大千世界，无奇不有，这年头啥怪事都能发生。”

还有人说：“这马绝对是和狗杂交了的。”

拿过报纸一看，我也急了：“你们好好看看，这马下了两驹都是少见，怎还下了俩狗呢？”

呵呵，这样的事很多，归纳起来真能出一本笑话集呢。不是我们不想多学知识，是过去压根儿就没有条件。

不说别人，单说我吧，过去当学生时成绩也不错，中学时的一次学区统考，我五门课得了489分，其中四门满分，只有英语89分。班主任刘会会老师总说我的智力水平和她过去的学生李丹妮相当，说李丹妮是博士生，能出国留学，我最次也能考上大学。王校长也说我的一只脚已经跨进大学的门了，让同学们学习我。然而，最终我连大学门朝哪开都不知道。

两个姐姐相继出嫁，我成了家里最大的孩子。为了不让弟弟和妹妹辍学，我决定回家帮体弱多病的父母种责任田。

我丢下书本，拿起了铁锹。我用架子车将麦子一车一车往家里拉，那路难走呀，那车子沉啊，再没有比那一车麦子更沉的东西了！它几乎要将我压倒了！

……

几年后，我抱着孩子去县城看病，路上遇见李兴斌老师，可能是我当时瘦得太厉害了吧，李老师七尺男儿竟然满眼泪水，他哽咽着说："可惜你了，你王老师、邹老师他们都说可惜你了……"

后来，一直到现在，我也不知道为什么，老师们见了我几乎都要说："可惜你了！真的把你可惜了！"

我总是不说什么的。我知道，我对不起老师们的关心，我亏了老师们爱我的心，我辜负了老师们的希望。我忘不了自己的第一个书包、第一个文具盒都是老师给买的；我忘不了，读的第一本课外读物是老师送的；我更忘不了，那一次生病，是两位老师送我去医院，我不愿意吃药，他们在办公室里给我晾着糖水，站在一边看着我把药喝下，那样子简直就像我的父母……

多少年来，我不止一次看着老师们送的纪念品泪流满面，为他们的期望落泪，为自己的梦想遗落忧伤。

有些事一旦错过就永远错过。我的"大学梦"像泡沫一般破碎了。"啥人配啥人，烂锅盖配草盆。"我的对象也只能在没文化的人里面找了！三锤两棒子，我把自己嫁了出去。"贵人吃贵物，烂烂人泡恰铬。"我开始强迫自己适应眼前的生活。

我喜欢交朋友，在农村，牌友容易找，说闲话的人也容易找。常有人约我打牌，我也很快学会了各种牌的玩法，而且越玩越精，并拥有了一大帮牌友。偶尔，牌打累了，我们也出去散步，令我不愉快的是，总有人要在这家地里拔根葱、那家地里掐把菜或偷些玉米棒子什么再回去，把别人好端端的庄稼糟蹋得一片狼藉，我看不惯，也觉得自己打牌不好，赢了心里也难受。我开始远离牌友，却没有人理解，我很孤立。

日子久了，我觉得生活在他们中间很累很累，有一种窒息的感觉。

村民们大部分一天不着家，整天打牌，甚至梦都在牌桌上，他们的孩子也不学好，不是逃学，就是打架，自小养成一身坏毛病，小偷小摸，好吃懒做。父母不闻不问，任其发展。好多孩子早早辍学，不读书了，成了社会上的混混，做一些乱七八糟的事，被警车抓去一次又一次，成了派出所的常客，最终进了黑房子。

我真的不打牌了，于是就渴望和文化人交往，渴望与他们在晚霞中散步。我想，文化人不会趁地里没人去偷菜；不会说“等等，我偷几个苞谷来”；不会夹着纸烟打牌，一脚踹倒来叫他吃饭的儿子……我想，能和文化人做朋友，也不枉来世上一趟，活着就不再是一件辛苦的事情了。

一次，一位不负责任的医生误诊我生了癌，没有几天活头了，我当时唯一感到遗憾和难受的竟是此生没有和文化人做朋友！

2003年5月，有人介绍我认识了一个城里人刘某，说他是一个有知识的人。刘某也说他原先教过书，但总是不发工资，现在想与我合伙做长途贩菜生意。在我眼里，城里人似乎就是文化人，再说刘某说话慢声细气，听惯了街头巷尾狗叫声和乡野女人粗喉咙大嗓门笑骂声的我，心里自然很是高兴。后来得知他对做生意一窍不通，我心里只想他是文化人，对他很是尊重，让他在我家休息，我自己叫上妹妹和弟弟去外地拉菜，然后再一车车去西安发掉。最后分钱时，我将大半分给了他，弟弟妹妹都责怪我，我还说："文化人谁会做生意？我从学校回来不是连自家的菜都卖不了吗？咱对菜生意懂些，就帮帮他。"

几年后，我仍隔三岔五送菜给他，他也不客气，常带父母来我家逛，我变着花样做好吃的招待他们。逢年过节还去他家送礼。有段时间他突然消失了，他父母倒是经常来我家。一天，他来了，"扑通"跪在我面前，说他有了难事，急需钱，让我借给他。我给他父母打电话，他父母说他说的是真的，确有其事，于是，我就将仅有的五百元钱借给了他。

谁知从那以后他就永远消失了。我去他住的小区一问，他的邻居说："他小学都没念完，大烟鬼一个！"虽然受了骗，但这并不影响我渴望与文化人交往的心情。

去作协办手续，我羡慕旁边开门店的；去广电中心，那些保安、门卫都是我羡慕的对象——能看到文化人在自己面前进进出出，甚至还能说上一两句话，谁说不是幸福的事呢？反正我去那里，身上就有活力，觉得那地方的空气都是有文化的，吸一口就滋养人，就能让人快活起来！

"近朱者赤，近墨者黑。"我想通过和他们的交往来提高自己的文化素质。

想来想去，我之所以能够坚持写作，其中一个原因就是想通过这种方式来结识有文化的人。我总觉得和他们交流不费力，和他们交往很幸福，也许整日生活在文化人堆里的您体会不到那种特别的舒心与快乐，但我能！

子不孝非你过

今天去看朋友琴，琴很能干，十年前和丈夫离婚后就开始打零工，之后又做了些小生意，现在已经是一家公司的老板了。

闲聊间，琴的女儿娟闯了进来，一进门就劈头盖脸地训斥母亲："你都啥年纪了，今儿见这个，明儿会那个，用人光拣朋友用，连李东你也重用，你人老了，眼也瞎了……"

"你！"琴直流眼泪，两肩剧烈抖动，不知道是不是太气愤，她嘴唇哆嗦着，瘫倒在沙发上。

这是那个指挥百来号人的琴吗？这是那个曾经坚强得令人咂舌的琴吗？她没有被艰难困苦击倒，却被辛苦养了二十五年的女儿伤得痛苦不堪。

我惊呆了，站起来指着娟说："你咋能这样说话？你妈再有错，也不是你在这种场合以这种口气可以说的！也许你到她这个年龄还不如她呢！"

紧随而来的公司员工拉走了娟，又返回来对我说："她老是这样对她妈说话，我们也看不惯。"

我说："她要是我的女儿，我非抽几巴掌不可！"我没有再说下去，因为我的女儿也伤过我的心，只不过没有这样厉害罢了。

琴止住哭泣，说："没有人这样对我，只有她！我被她一次次当众数落，真想打她，可我下不了手……轻不得重不得，每次这样我都想死！"琴哽咽着说完这些，眼泪挂在她的脸上，快五十岁的她有一种独特的、高贵的美。她勤勉、坚强、善良，为什么她的女儿看不到呢？为女儿她能舍弃一切，她曾经感动了很多人，为什么就感动不了女儿呢？

我告别琴后往家走，路上遇见邻村张生两口子赶集回去，知道他的母亲是我中学时的一位老师，就向他打听老师的状况，谁知他们竟像听到仇人名字一般厌恶："唉，别提了，把人脸都丢完了！"

我赶紧说："不会吧？我听市里的一位同学说她用退休金资助贫困大学生，还一直有文章发表呢！"

张生压低声音说："你知道吗？我妈是神经病，想出名呢！没几天活头了，还想着找老伴？呸！把咱先人的脸都丢了！"

走了一段路，张生的媳妇指着远处的一间小屋让我看："看见了没？这就是他妈租的房，专门丢他儿子的脸，咋叫都不回家住。"

儿子说："管她呢！咱就看她死了谁管！"

回家后，我跟别的老师了解情况，才知张老师退休后回到家里，没想到五个儿女却为分她的工资而吵架，最后还让她以后必须将退休工资交给儿女保管，她一气之下在外面租房住。市里的一位领导说："张老师是个公认的好人，也许只有她的儿子儿媳会那样恶语中伤她。"

很早就听到一句话："没有不合格的孩子，只有不合格的父母。"其实我不大赞成。过去，我一直埋怨父母把我管得太严，觉得他们这不好那不好，同学们穿高档衣服我却只能穿粗大布，有时候竟然非常仇恨他们。结婚以后，我很少回娘家，好吃的放坏也不给他们，甚至写文章直击自己的父母。而如今岁月流逝，已近知天命之年的我才知道父母在艰难环境下将我养大是多么不易。父母是最了不起的人，是最爱我的人，是世界上最合格的父母。不合格的却是我这个女儿。

美国一般将儿女养到十八岁就让其自立，中国却不同，养到二十八甚至更高的都有。有一项调查是，评选你最尊重的人，美国的孩子最尊重的人首选是父母，而中国孩子最尊重的人却不是父母，父亲仅排在第十位，母亲被挤出十位之列。看来给孩子的爱多并不能让他们爱你。

最后我想对琴说："别伤心，不管女儿怎样看待你，你都是个好母亲，她没出息，不是你的错！"

不要太指望儿女，多爱自己一点点，不要让所谓的"孝子"真的成了要孝顺子女的意思。

都是在玩

看到一户人家在举行葬礼，扫墓、迎祭、披红。不由得想起小时候玩的游戏来。

那时候，我们还没有电视看，整天就知道疯玩。我们“埋死人”，用手在地上刨一个小土堆，就是“坟”了。然后去周围捡碎纸和小棍。碎纸用土疙瘩压到“坟”顶。接着排成队，每人拄一根小棍，弯着腰，低头“妈呀妈呀”地“哭”，还装模作样地用手抹眼泪。

我们的“扫墓”很特别，不仅清扫坟墓四周，还要用笤帚在通向“坟堆”方向扫一条路出来，好方便前行。哦，家里一般不准拿扫帚出来玩的，因为知道“埋了死人”，那笤帚会被我们折腾“死”的。

一般是大家分头行动，去田间地头捡大叶树或扫帚草，把“坟堆”四周扫上一圈，算是真的扫了墓。然后搀着“媳妇”去“坟”头“哭”。遇到大人来，大家不约而同地停下，因为大人们总会说：“你妈还没死呢，哭啥哩？”

那时的我们很会玩，玩的花样别出心裁。不光玩“埋死人”，也玩“娶媳妇”“医生看病”“过家家”，特别是那个“选干部”和“队长派活”更有意思，总会惹得大人们哈哈大笑。

忽然感觉到眼前的葬礼很像我们玩过的游戏。不只是葬礼像，很多事都像，“都是在玩”，我也常常这样想人和事。

所以跟自己说“不必较真”。世间的事，大可不必较真！时间、婚姻、生活、朋友之间。有些事一旦较真，反倒让自己不舒服，较真实际上是跟自己过不去。

世间的人，不管你伟大还是渺小，最终归宿都是一样的，所以一切不必较真，活出自我就好，随遇而安就行！糊涂一些，从某种角度讲，也算是一种智慧。

做了五天亏本的买卖

我曾经开过饭馆，卖过书报，做过服装和长途贩运瓜果蔬菜的生意。虽然都是小打小闹，但也小有成绩，让我那个吃了上顿无下顿的家渐渐脱掉了贫穷的帽子。我也因此受到大伙称赞，说我有经济头脑，有做生意的才能，甚至还说我从来只赚不赔，是个能行媳妇。

其实大伙不知道，我呀，也做过亏本的买卖呢。

那是前年夏天的事了。病后初愈的我躺在炕上休息。桑拿天，热得人喘不过气来，即使在屋里被风扇吹着，也能感受到强烈的热浪。偶尔朝外面看，眼睛立刻被灼人的大太阳刺得睁不开，听着知了的叫声，看着外面那一树被太阳烤卷了的叶子，我就更不想出门了，心想就是谁给我一万元钱都休想让我出去！

电话响了，妹妹的声音传了过来，说母亲已经生病住院十多天了，做了肿瘤切除手术，还不知道是恶性还是良性的，她很害怕，就背着家人偷偷跟我说了。我急了，从炕上一跃而起："为什么不告诉我？……我马上来！"不顾丈夫的劝阻，来不及吃饭，我火急火燎地就往县城医院赶。

烈日似火，没有一点风，汗很快就湿了我的全身，但我顾不上擦，只想赶紧见到母亲。

父母、兄弟和姐姐们看见我，都问是谁给我透露了消息，埋怨我不该丢下店里的生意来医院，说我身体不好就不要来了。看见母亲因病越发憔悴的脸，我哭了，反过来责怪他们不及时告诉我母亲生病的消息，并强烈要求留在医院照顾母亲。我的要求遭到拒绝，大家坚决反对，一致让我回家休息。但哪能动摇我的决心？见拗不过，只好依了我。

谁知仅仅一天一夜，我就吃不消了，腰酸背疼，头晕眼花。母亲说我已经尽了孝心，化验结果已经出来，是良性，让我放心回去。哥哥和姐姐们于是争着抢着要留下照顾母亲。哥哥说，他是老大他该留下，姐姐和妹妹说，女儿细心应该留下。最后还是父亲作了安排。

我被父亲“赶”出了医院，但我怎能安心在家？医院门口热闹的农贸市场吸引了我的注意力，我忽然有了办法——何不拉菜去那里卖，这样就可以每天看到母亲了。

前不久因为我生病，我家责任田已是荒草一片，哪有菜？我只得去附近批发市场贩菜去卖。中午十二点刚过，市场上人少了以后，我就将车子放在市场，去医院里给母亲洗脚、喂饭、擦身子，尽一个女儿的孝心。

知道我没耽误“过日子”，父母终于不再强行赶我走了。其实我心思根本不在卖菜上，不是价钱记不下，就是收了假钱或干脆多找了钱，好几次还被人偷了菜，要不就是一车菜被太阳晒焉了，或者卖不完腐烂发臭了，回家一算总是赔进去很多。

直到五天后母亲出院，我才不再汗流浃背地朝县城奔了。

尽管做了赔本买卖，但我一点也不后悔，心里反倒有一种前所未有的满足！我明白，比起伟大的母爱，我的孝心是那样渺小苍白。是啊！父母给儿女的爱儿女是永远无法超越的。尽了一份孝心就是尽了一份责任，谁还会去衡量该不该、值不值、亏不亏呢？

忘不了那年的农高会

常听杨凌的表姐说杨凌蘸水面如何的好吃、空气多么的好。后来知道它是我国唯一的农业高新技术产业示范区，被称为中国的农业硅谷，便心向往之。

2011年11月8日，正值第十八届农高会在杨凌农科城隆重举行，应省广播电视台农村广播之约，我有幸赶赴杨凌农高会现场，随主持人小康、董丽萍一起报道农高会盛况。

我是坐村民的小车去的，同行的还有两位乡党和一位小报记者。初冬天气，早起凉风习习，我们到达时，已是阳光明媚，温暖如春，举目四望，仿若春姑娘已缓步而来。

楼高、树挺、路宽直、街道净洁，很舒服的小城，这是我对杨凌的第一印象。走近看，人挨人，车挤车，不禁异口同声："啊，人这么多！"

董老师打电话问我到了没，我便急急地与大家分手，赶去与董老师和记者小芳相见。开始时我很胆怯，很自卑，毕竟自己是一名农妇，人家是博学多才的"人尖子"，然而他们待我却万分亲密，握手拉家常，如同自家姐妹一般，这让我觉得很亲切，先前的拘束忐忑一下子消失了。

从董老师手里接过“进门证”，那几个展馆我便可以自由出入了。各国人才，各路精英，真是人山人海，场面可谓壮观……但是，纵然有很多人。却排列有序，紊而不乱。高新农业实用、农业机械展馆我都进了，苗木种子、化肥农机新品种、新机械、新技术我均一一观瞻。

啊，你看，那长约十五厘米总重量约五斤多的辣椒，那单株产量七八十斤的河南红薯，两百八十多斤的特大南瓜，太不可思议了！再看妇女手工艺展馆，里边的景象让我叹为观止，麦秆画刺绣和草编，看得人眼花缭乱。织布不用一下下丢梭子，就能织出色彩斑斓的花布来……能看得太多了，同来的村民一个劲提醒我：“天短，不敢多逛，瞅几眼就出来。”

下午，节目要直播了。我选了一片广阔的麦地，站在中央，用手机和主持人连线，报道农村妇女织布的场景。由于“逛”久了，我没有准备稿子，但所见所闻让我胸有成竹。我用民谣来描绘织布情状：“七尺长，八尺宽，里面坐个女人官，脚一踏，手一扳，踢里咵嗒都动弹……”结合现场场景我尽量将农高会的盛况分享给听众，足足过了一把记者瘾。

节目结束，就有文友电话向我表示祝贺，董丽萍老师也打来电话，说：“小兰，你太有才了。”

杨凌的表姐让我们到她家去。我约了同车的几个人一块儿去见表姐。表姐在农家乐招待我们，美味的小吃让人垂涎三尺，附近一溜儿整齐的小洋楼，农田瓜果飘香，河塘蛙声一片。

吃得正香时，咸阳的一位老师打电话夸我下午的报道，让回来一聚，共庆记者节。匆匆道别，车飞奔回咸阳时天已黑，我们狂欢，唱歌跳舞，只恨夜不长。

这一天好充实，这一天被幸福和开心挤得满满的！

好多心情只能自己知道

早早起来，对镜梳头，看到自己双鬓的白发，才相信自己真的老了。

什么时候，变成了现在的自己？

小时候，姐姐和哥哥因为成分不好，没有上过大学，父母把最大的希望寄托在我身上，然而，我却让他们失望了。我觉得自己没脸在村里待下去，迅速把自己嫁了。婚后的生活清苦之极，没钱人的日子不好过，还处处被人欺负。

一次，我抱着孩子站在一家商店门口，村里一位有钱人骑着自行车从我面前过，车子上高坡时，他也不下来还使劲地朝上骑，结果车子倒了，他竟然对我破口大骂，说是因为我看了他，所以他的车子才会倒。真是岂有此理！我擦干了夺眶而出的眼泪，看着商店里进进出出的人们，发誓有一天我要让那个富人到我店里买东西……后来，我终于有了自己的店，那个有钱人果真成了店里的顾客，由我任意宰割。

一个愿望实现了，我就又想着我的文学梦来。便拿起笔，开始记录生活，用文字铺排日子。

我认为人喜欢什么往往是天定的，即便没有氛围，没有目的，没有遗传，也会是一味地喜欢。命定我爱看书，自小就爱，无论怎么也改变不了。

一直以来，总喜欢将一天的所思所想毫无掩饰地写在烟盒上，随心随性把每一个日子，快乐或不快乐的都写下来，无关乎修辞，无关乎句式。

后来，朋友们一口一个作家，仿佛我真的是个作家了。老实说，我不承认自己是作家，充其量只能算是一位文学爱好者。但我就是我，怎么舒服怎么活，怎么开心怎么做，不管别人怎么看我、说我，只管扬起头走自己的路，我不会活在别人眼里。我有我的性格，有我做人的底线。人来世上一趟就像搭一次车，进一回群，随时会下去很多人，希望走后，留下的不是骂声！

说心里话，我写作就像养宠物，每天不辞辛苦地喂养，就只图个高兴。我粗糙的文字连我自己也不满意，大多只是一些情感方面的记录与抒怀，或是一些随心的乱语，或是保存生活中值得珍存的人和事，想写就写，想到就说，抒发自己的心声，没水平没文采那是自然的。那些随意抛洒下的苍白文字不值得被人评论，甚至不敢浪费大家的时间。只是偶尔翻起，给自己找一点心动的感觉，体会往日的激情罢了。

如今商店受大超市冲击开不下去了，已改成了棋牌室，身处最底层的我在家便守“赌场”，出门打工就只能做苦力，多年来干得最多的就是给民工做饭。扫大街人家也不要我，那活有时也要凭关系人情才能干，再说我视力不好，扫地也像给老爷画胡子。人在什么样的环境就容易成为什么样的人。我学会了说粗话，我就越发渴望与文明人打交道，渴盼关爱多一些，最起码不会让我向泼妇发展，有人已经喊过我泼妇了，立马“止步”还来得及。于是，我就渴望与文化人交往，这就得以文会友，就得有文字写出来。然而，我仍然在工地做饭，听民工们下班后打诨插科；回家守赌场，听赌友们输了钱粗话连篇。稍有空闲，守店做家务就是我的活。很想和别人一样能有空间看书，也越发羡慕那些能有空间静心习文的朋友。

此时，我坐在电脑旁，一下子思维迟钝灵感枯竭，感觉很不适应。很多圈子都想加入，但还是不知道自己到底属于哪个圈子，还是习惯在纸烟盒上书写自己的心情故事，留给自己一个人去欣赏，还是一个人好好地待着吧，随心所欲，没事写着玩玩何尝不可，毕竟好多事、好多心情只能自己知道。

我真的落伍了？真的成了废人？

很多风景已成过往，很多事已无法弥补。走过的路已无法再走，我的青春小鸟一样一去不回头。

人在情急之中，是什么也能做出来的

一直害怕过马路，胆小、视力不好，人又自卑，所以见了车就怕，见了狂傲、好为人师、喜欢摆臭架子的小人物就怯。然而，见了真正的大人物却不怯不怕了，反而话多得不得了，如同见了老熟人、老朋友，该说的不该说的都说，敬重之情油然而生。

怕车，是因为曾发生过小车祸。后来坐车晕车，过马路提心吊胆，得跟人后边，不管是生人、熟人、男人、女人，我都紧紧跟随，有时还拉着人家的衣角，要不就让家人来接。有的地方很少有人，却偏偏车多，往往等几个小时不见一个人过马路，偶尔出现一个人，也是急匆匆，不等我跟上就先过了。我只好就站在那里苦等，等到天黑，等到一篇小说腹稿完成。

2014年10月24日下午，我却在三号桥南头十字路口耍了一回大胆，在来来往往的车流中穿梭七回之多，东南角、西南角，向左、向南……

接到活动发起人作家雨夜女士的电话，我就出村来到约定的地点，并给雨夜发了短信，告知我的确切位置，说我在他们的必经之处，这里停车也方便。过了一会儿不见车来，我就听树下几位熟悉的村民闲聊。听他们说了很久，也不见人来接我，他们笑着问我等什么人等了这么久，赶紧电话催！于是又打电话说了自己的确切位置。

不一会儿，王晓琳老师打来电话，让我不要在那个地方等，得去马路对面。我知道等人的滋味，怕人家等我太久，所以顾不上害怕了，从车流间两次横穿马路才跑到王老师说的地方，谁知电话响起，他们已经过了这个地方，我又过马路从车辆间穿过然后再次横穿马路，而我弱视的眼睛根本看不清楚对面的人和车。心想着今天就是被车撞死，也是为了友谊，为了文友聚会，死得伟大，死得光荣！这样一想，电话接通，瞎走一通，最后才明白他们就停在我最初的地方……

就这样，我像瞎子一样，横冲直撞，一会儿东西方向，一会儿又到东北角，一会儿又到西北角，最终却回到原来的地方，像是被谁要闹似的折腾，见到他们时已是气喘吁吁汗流满面了。如果这时告知我要付费旅游，我是绝对不会去的！不是只想白吃、白住、白逛一次，是因为眼下我正遭遇经济危机，不是说钱要花到刀刃上吗？

稍稍平静下来，不仅为自己刚才勇敢过马路的行为感到吃惊。看来，人在情急之中，是什么也能做出来的。

不做解释，任人评说

刚走到拐弯处，村妇小美跑过来挡住我，凑近我的耳朵说：“文文他妈正骂你呢，你听。”

我笑笑，继续往前走。只要说是文文他妈，我不听也知道她会说我什么。拐弯，果真看见文文他妈坐在一群人中间，连说带骂，言语兼并动作，表情丰富，绘声绘色。我不理会，只管走路。但那妇人尖厉的嗓音还是让我放慢了脚步。“以后不要去她店里买东西了，原先看那小兰还是个好娃，才几年，你看变成啥了，还给屋里带男人呢……原先买米买面她给送，给扛咱家倒瓮里，今年你看她，连抬都不一块抬呢，出点力就能把她挣死一样，在外头能不变坏？这种女人打死才合适！”

放到以前，听到有人这样胡说，我是不会轻饶的，撕烂她的嘴再给几个嘴巴。可是，也许是年龄的缘故吧，如今我已经少了那种愤慨，把别人对我的态度看得很淡，不屑与任何人争论。在我心里，生活大不易，做人都一样，是人都有凄凉，再风光的人背后也有苦楚，说我骂我的人也有她的寒凉，她的不易，她的无奈，她的难，家门口也没挂无事牌，说不定哪天比我还倒霉，也遭人背后胡说。

谁家没有难念的经？谁的人生没有心酸的泪？谁没有难唱的曲？谁的人生十全十美？谁背后无人说？谁背后不说人？生就一张嘴，就让爱说的人随便说吧，他们也和我一样，正朝自己的坟墓走着，再怎么损人利己终归都是一个归宿，骂我、误会我、欺负我，又能多什么呢，多费吐沫而已。

其实不与文文他妈计较还有一个原因——身体不好——没劲。近来我生了一种病，病发时头晕目眩、浑身无力、不能拿重物，说话都不能大声，睡觉都不敢翻身。医生让卧床，说不卧床就有生命危险。我急着跟医生争辩说想去西安，只坐车，不过劳累，也会注意自己的休息，没想到却被医生狠狠批评了一番。偏不信，结果回了家，朝上推卷闸门，稍用力推了半截，就跟医生的话一样，晕厥倒地差点丢了性命，从此小心谨慎。

也是因为这个病，我那次没帮文文他妈推车。那天本来躺床上的，结果礼泉果农说来看我，在我家门口打转转呢。出门一边打电话一边找，文文他妈就是这时来让我去给她推车的，我刚想答应，因为那是习惯，以前我总是二话不说推车上去，也常帮人扛重物，然而此刻我头重脚轻，走都走不到车前，再一看她家门口的三轮车装满了菜，再加上那个大坡，马上意识到这个忙自己帮不上，心里歉疚，摆手摇头，不等我打完电话跟她解释，她就气呼呼地走了，边走边骂我是小心眼，还咒我不得好死，唉！

文文他妈何许人也？嗨，她可是村上的厉害人，有名的泼妇，人称惹不起，曾把村里的一个女人整得喝农药。这回我惹了她，她会到处说我的不是。好，不去解释，任她说去吧！

不必事事苛求别人的理解和认同，学会律己，学会宽容。独处守心，群处守口！管住自己的嘴，就好！

乡党，好好画你的马

近几日，不断从博客、微博、微信看到有关画家李翰迪的报道。

李翰迪是我的乡党，擅长画马，我粗略看了，或奔腾跳跃，或回首长嘶，或腾空而起，形神兼备，气势磅礴，画得很好。虽然我不懂画，但我觉得他画得好。

我认识好几个画马的高手，看了他们的马，也喜欢，也惊叹，也叫好。各色各样的马，画出来千姿百态，画者流派纷呈各有千秋。

然而，李翰迪与他们不同，他和我一样生长在农村，是迎着村人不理解的目光坚持将马画下来的，其中的酸甜苦辣，是常人难以想象的。或许也因为如此，李翰迪的马比别人的马多了几分灵气，这自是特别之处。就像有的娃是在大医院生的，有的是小诊所生的。小诊所生娃是出于无奈，万不得已，条件差，娃生下来也不像别人一样大张旗鼓地大摆筵席，怕是连满月酒都是凑合的，但这些，丝毫不影响娃的优秀程度。

加油，乡党李翰迪老兄，祝你一切如意，马到成功！

我与农村的故事之从设法逃离到不愿离开

中午一放学，书包还未取下，母亲就让给在地里割麦子的父亲送开水。土路坑洼不平，太阳像带了毒，晒在身上特别疼。尘土夹着草屑满天飞，落在我的头发和衣服上。铺在路上的麦秸时不时绊我一下，路边未割的麦子伸着长长的麦芒，刺得我很不舒服。那时我刚上小学，麦芒、扬尘、毒太阳成了我对农村的最早记忆。

天热得能拧出水。我弓腰拉襻，用架子车将麦子往回拉。刚下过雨的路泥泞、坎坷，车子就越发的沉，毫不留情地挑战着我的承受力，似乎要将我的身子骨压碎才甘心。支持不住，我眼一花腿一软瘫坐在地上，车辕着地，麦捆摞下来将我埋在底下，什么东西刺破了我的脸，血流了下来。稍加处理，我又不得不忍痛站起来，整麦捆，扶车辕，搭襻绳，继续弓腰前行，每迈出一步都要付出全身的力气。身子几乎挨着地，汗水和着泪水顺着脸颊朝下流。

记得这是1984年的事，那时我正在上中学。印象里再没有比那一车麦子更沉的东西了！我也因此不喜欢农村，发誓要考上大学早点摆脱它。

我努力学习，总以为成绩不错的自己绝不会待在农村。十七岁是爱幻想的年龄，我的脑海里全是“走出农村”的美好想象，却唯独没想考不上咋办，其实那在我看来是没法想，不敢想，也不愿意想。

然而，我最终没考上大学。“务农”的命运将我拴牢，我仿佛冷不防栽进了苦窖里，早年悄悄做着的文学梦也随之碎得稀里哗啦。我明白我将要在灶台的烟火里、在毒日头的暴晒下生活了，那一刻，我真不想接受命运的安排，我恨命运！

“啥人配啥人，烂锅盖配草盆。”我的对象也只能在农村里找了！三锤两棒子，我嫁给了一个农民。

婚后的日子比我想象的还要苦，不光有毒日头，还有长舌妇，陋习及繁重的农活与干不完的家务。然而，随着惠农政策的不断深入，村里发生了天翻地覆的变化，坑坑洼洼的泥水路不复存在了，笔直宽阔的大马路四通八达；架子车拉麦子的场景也看不见了，取而代之的是站在地头观望机械轰隆隆的欣慰。收种麦子，已经全用收割机。再也不受毒日头暴晒，再不用镰刀割麦，不用送饭送水了！那曾经的麦收，已经成了一种回忆。

农民的日子像甘蔗一样一节比一节甜，现代家用电器也是一应俱全，城里人有的我有，城里人没有的我也有，再也不为家务的烦琐和农活的繁重而苦恼了，再也不为没时间看书而伤神了。这一切，让我不知不觉爱上了农村。

日子好了，我又重拾自己的文学梦，我写新农村的新变化，写新农民的新生活，写诗，也写小说，有的发表了，有的获了奖。2007年，我还随陕西农村广播主持人一道去了一趟杨凌，现场报道农高会盛况。

日子越来越好过，有了存款，我就有了出书的念头。很快，省作协与省慈善协会就帮我正式出版了长篇小说。最令我高兴的是，2013年，在有关领导的关怀和安排下，我走进了西北大学，坐在教室里，和中文系的学生们一起上课、学习，觉得这一切恍如梦中，同年底，我还被评为咸阳最美女性。

农家一样可以圆梦！感谢命运！感谢乡村！

我庆幸自己生活在这片充满希望的土地上，如今我的灵魂已进入乡村生活的骨髓里，浓浓乡情滋养着我。我明白自己已经离不开这厚重的乡土大地，还有这壮美的田园景色了。我除了种田，还唱戏、写诗，活得很充实，也很幸福。

以前我为没有跳出农门痛苦，想方设法离开农村，逃离土地。而现在我却不愿离开农村，害怕失去土地，并且为自己是农民而感到自豪，您说我这是怎么了？

处处留印记

从泰国旅游回来至今刚刚一个月，腿上的伤除了一个大大的疤痕外，不疼不痒了。穿裙子出门，总有人问起疤的来历。想想真的是外国的伤就是伤，不管都不行。我经常这样划一下，却从来没有这样留下过痕迹，而这次，一个毫不起眼的小小划痕，竟然折腾我足足一个月！

结束泰国之旅的那天晚上，住在泰国一家比较豪华的酒店。早上，我背着包就要出房门时，瞅见被子没拉平整，我和爱人笑说："让泰国人也看看咱陕西人多懂规矩。"说完我就走过去拉好被子，猛的，突然觉得左腿被什么划了一下，低头看见有个地方擦破点皮出了血，有些疼。"啥东西划的？"心里有些纳闷，便围着床找"凶手"，这时右腿挨在床帮上，也猛地疼了一下，我下意识赶紧闪开，才没受伤。这时，我才明白是硬硬的床帮棱角划伤的，并不严重。平时这样的不管几天就不见痕迹了，我们就没当回事，再说也要急着和大家赶回国的飞机。

回家后，偶尔觉得伤处有一点疼，但也并不往心里放，不就是划了一下吗，还能弄出多大的动静？谁知过了两天才发现那个印竟然变红裂开了，慢慢地在腿上开了个小小的口子，像个水渠，里边冒水，后来就像水渠被污染了，冒脏水和脓血，不忍直视了，后来怕了开始胡思乱想。先前那个白印似乎也是谁用白粉画上去的规划图，我的天老爷，不知道这是要在我的腿上动多大的工程呢！赶紧去医院，针药伺候，回村腿上也是纱布缠裹，伤员一般。看到的人和我一样都感慨外国的天地不一样。

前几天听“绿蕾行动”，讲的是全国检验检疫部门严厉打击非法携带、邮寄禁止进境物入境的事。现在出国旅游回国的旅客携带动植物产品的人很多，确需携带邮寄的也要按照规定提前办理审批手续并主动申报。种子、果品等也是要注意的，有人就不理解，我看有必要。自己是个马大哈，处处留印处处疤！仅仅一个月来，就是事不断，去趟泰国留个伤疤；参加陈忠实老师的葬礼时，帮一位残疾朋友推轮椅上坡，伤了手腕，医生说好了之后那个疙瘩估计还是大，留下个疙瘩；去云南，把手机和充电器全落在宾馆里了。

看来，处处留印记这个毛病得下决心改了！

给十四岁儿子的信

好友帮儿子戒网瘾，带他去旅游，叮嘱我写一封信给儿子，遂作。

——题记

儿子：

几天不见，你想妈不？妈可是想你了呢！

得知你明天下午要回家，我心里除了高兴还有好多的不安和忧虑，担心你会像原来一样沉迷于网络，那可是一直以来我最烦心的事了。我曾整夜跑遍网吧找你。总是半夜把你的被褥抖了又抖，像是要把你抖出来似的。我多想说："我儿子原来没出去，他躲在这睡觉呢！"可你依然夜不归宿，整日泡在网吧，为此妈骂过你，甚至还打过你，可你知道不知道，当时妈的心有多疼？妈是不忍心打你，的确是你太不像话了。不声不响、饭不吃就去了网吧，常常几天几夜不回家！我不想让自己的宝贝儿子因此搞垮身体，荒废了大好时光，以至于毁了前程啊！

记得那一个个黑漆漆的夜里，为了找你回家，我总是战战兢兢地走在夜路上，好几回被狗追咬，好几次被石头绊倒伤了腿脚，腿疼加上心疼让我苦不堪言。那个疼你现在是体会不到的，那是一种痛彻心扉的痛。我忍着痛流着泪在心里哭喊：“我的儿子，你在哪儿？你怎么要如此折磨生你养你的母亲呢？你原来成绩很好，可是，因为沉迷网络游戏，一切都变了，再不能让你继续这样了，儿子。”

儿子啊，你可是妈日思夜盼得来的宝贝呀，记得你出生时，咱村就像过节一样充满了喜气，出生刚二十天，大伙就起哄给你做“满月”。那天来客之多是当时村里从没有过的，大家围着你又说又笑，好多人直亲你的小脸蛋，还夸你漂亮呢。谁料乐极生悲，第二天我发现你有点咳嗽，就赶紧叫来村医给你医治，村医说你感染了新生儿肺炎，必须立即上县城医院诊治。

当时正是隆冬时节，恰逢星期天，好几个医院都不上班，我和你爸在寒风中来回奔波，到处打听寻找医院。终于让你住了进去，却已是病情危急了。

你被抱进抢救室，医生们立刻形成一个弧形的白色人墙。好心的白衣天使说妈身子虚不能老坐着，就专门腾出一张床让我休息，可看你昏迷不醒的样子我的心都碎了，开始呼唤你的名字，整日坐在你身边哭，责怪自己疏忽大意。我不是信徒，却发现自己瞬间学会了祷告，我在向苍天祈祷，祈求上天不要把我们母子分开，无论如何要把你留在我的身边，我那时就相信你一定愿意做我的儿子，我命中注定会有你这个儿子，我们有缘的……

可是，你依旧毫不理会我的哭喊。住院第六天，医生围着你一番抢救，无奈地摇头：“娃不行了……痰阻塞……导致心衰……”

“实在没办法！不行了！”护士一声声叹息后，没了呼吸的你就被裹进了雪白的床单里了！

妈几乎被这突如其来的致命打击摧毁了，但却始终坚信你舍不得离开我们，舍不得离开疼爱你的亲人，妈不相信我们母子缘分就此终结。我把你紧紧地搂在怀里，一遍遍哭喊着，不愿撒手，直到失去知觉虚脱倒地……

醒来后，好多人围着我在笑：“快看看，你儿子没事了！”

医生说：“是你把儿子从死神手里抢回来的！”

我不知道死神是否存在，也不知道是否有心电感应，你是否听到了我的哭喊，反正你的病好多了，苍白的脸有了血色，嘴唇也不再青紫，几天后竟搬出了抢救室，转到八号病房。

“八”是一个吉利数字，你恢复得非常快，脸蛋红扑扑的，大眼睛看着我，嘴里发出欢快的“哦哦”声。护士说：“你儿子说感谢你呢！”

这时我才感觉到累，脸上也全是泪水，才发现为了你我自己快倒下了！

出院回家后，我更是全身心地呵护你，“悠悠万事，唯你为大”，连最爱的写作也丢一边了。

妈爱你，胜过一切！我的儿子，你知道吗？

你曾说妈管得太多，但如果你有朝一日体验了生活的苦难，体会了现实的残酷，你就会理解妈的苦心。

妈一直抱定一个信念——要让你成为一个快乐的人，要让你凭你的努力赢得幸福的人生！

儿子，未来是用现在的努力换取的，妈每天都盼你能健康快乐地成长，不要虚度时光。要懂得失去的光阴不会再来，不学无术将来是要后悔的！

行文至此，忽然发现原来我们母子之间有许多酸甜苦辣的故事，如今你身上的伤、额头上的疤，哪个不是妈的泪水痕迹？哪个不是妈刻骨铭心的痛呢？

这一切，足够写一本厚厚的书了，可惜妈太忙，只好就此落笔了。但愿你回来以后能有所进步。

母亲

8月26日

死不下的王旺他爸

王旺他爸老了，差一岁就八十了。老汉当过解放军，养大了两男两女四个娃。院里四间大房上下四层，盖得像模像样。儿女也孝顺，给院子铺了红地毯，从屋前铺到屋后，说是让父亲行走方便。

老汉年纪虽大却很精神，往地里跑得勤，屋里地里的活都不在话下。逢人总是笑眯眯的，走路也是昂首挺胸。村人开玩笑说："你老了还欢实得像个小伙子，你家楼再高，让儿子关楼上谁也不知道，还一样演新的《墙头记》！"

老汉腰一挺使劲一抬："敢？最不行房是咱盖的，咱住咱房，娃娃他能咋？"

就在老汉说这话不到一百天，村上的地征完，村子大拆迁。老汉铺地毯的屋成了一堆烂砖头碎瓦块。更让老汉想不通的是，房拆了人却没有安置——他没地方住了。娃娃们把老汉拉到这儿，不要；送到那儿，嫌弃。天寒地冻，老汉有些撑不住了，眼看就要过春节了。

租不下房，儿女心急，老汉也心焦。经几次找房的折腾，老汉头发全白了，腿也沉得走不动了，就更没人敢租房给他了。有人看不下去，偏不信邪，就让老汉住他家五楼，虽然上下不方便，但总算有住处了。

一想到再也看不到门口的花市，再也吃不到自家树上的柿子，再也听不到村街树上的鸟叫和村民的欢笑声，再也闻不到地里庄稼的泥土香，再也没有昔日田间地头欢聚的情景，老汉心里那个憋屈啊，过得如同在监狱。

一个月后，老汉病了，不吃不喝，医生查不出病，开了些营养药，老汉服了不见起色只好住院。此时的他，几乎奄奄一息了，医院也下了病危通知书！

老汉知道民间的忌讳，不愿意死在别人家里，以免给人家带来晦气，于是儿女们把他拉到村委会。

村子不在了，幸好村委会办公室没拆。自从村子拆了以后，村里人死了，都不约而同地拉到这里举行葬礼。

没村子了，看到这里，仿佛村子还在。病危的、合不上眼的、痛苦不堪的、气若游丝的都在这里咽下最后一口气，都从这里闭上双眼，再从这里入土为安。村人有自知之明，看人不行了，就早早地拉到这里，免得人家房主家“犯病”。

王旺他爸样子痛苦极了，似乎正和死神扭打在一起，貌似一定要送到村委会才能闭上眼。

“王旺他爸快不行了，在村委会停着呢！”乡亲们从四面八方一个接一个来看望同村的这位乡党，不由得唏嘘！

谁知见了乡亲，老汉不但没闭眼，而是睁得更大了。一时泪花闪闪，哭了起来，说他就是想见见乡亲们。奇迹发生了，乡亲们泪眼婆婆，分外伤心。在大家的关切之中，他的话竟越来越多，后来又能吃能睡，越来越不像有病的样子。

二十多天过去了，听说村安置楼盖好了。有一日，老汉竟然能下床走路了，他说真的想和村民们住在一起。大家说："你好好活，咱们新楼见，看你老汉让儿子把整个楼用红地毯铺起来，日子多红火呀！"老汉又笑得眯起了眼！

王旺他爸死不下，死不下的王旺他爸呀！

第二辑

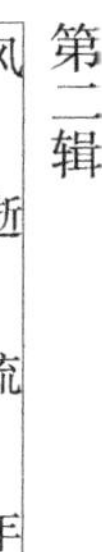

打一锅搅团等你来

冬季天短，中午十点刚过，我就准备打搅团了。今天是农历十月初九，是我的生日，村里只有我一人记得自己的生日。

打搅团是让文友们来吃的，先前已经通知了他们。按说我的朋友也不少，村里要好的姐妹、同窗好友及电台听友、麻将牌友等，但不知为何我最看重的还是那些文友，总想与他们相处。虽然文友们不一定都看得起我，虽然我在他们中间没有在其他朋友面前那般无拘无束，虽然拥有他们的日子不过半年。

开始忙了，把韭菜、芹菜、青菜、香菜、蒜苗和野菜摘干净，洗了切好，然后把紫皮蒜剥了，砸好蒜泥，再打开煤气灶，在锅里放油，烧好，先做一碗油泼辣子，再把该炒的菜倒进锅里炒熟。然后在盘了几年的吸风灶上打搅团。

搅团要好，搅上百搅。苞谷面（也可用小麦面）在大老碗里搅成面水。待水烧开，一边把面水往锅里倒，一边用面杖在锅里搅，一般都是朝一个方向使劲搅，搅得锅里的面糊糊十分均匀，没有一点疙瘩，透亮了方可。最后盖上锅盖用文火焖一会儿，一锅搅团就好了。

用吸风灶上的大黑铁锅打搅团不焦不涩，一大锅，十几人吃，正好。

浆水烧开，调上油泼辣子做汤，也有醋或调料水做汤的，或是熬好的西红柿汤。舀上搅团在里边，夹菜，放辣子，红辣子绿菜、油泼的蒜泥、黄白的搅团盛在白萱萱的海碗里煞是好看，色香味俱全的美味“水围城”喷香扑鼻，看得人垂涎三尺。

下一步就是露鱼鱼儿了，盆里放好清水，凉的，爱人帮我拿着漏瓢，我端搅团慢慢朝漏瓢里倒，水里的搅团就像小鱼儿一样飘来飘去，捞一碗，调上调料，放上绿菜，就可以吃了！

一切就绪，文友的电话也来了，去村口接、在门口等，不一会儿都到了。大家坐在一起叙文学话友情，完了端起农家的粗瓷大碗，吃咱的农家饭，感受咱农家人的实在和精彩。

冬天有雪，白蝴蝶起舞的日子最美；此时此刻，搅团最香；有文友陪伴的时光最令人怀念。

要回去了，他们说：“比酒店的肉菜还香，下次还想吃咋办？”

我说：“没问题，我提前准备好，早早打一锅搅团等你来！”

老板的黑西服

去一家公司打工的第一天，老板就丢了两千元钱。知道这个消息是在晚上，我正躺在宿舍里休息，舍友丽丽和老板的说话声从隔壁传了过来，随之而来的还有公司许多领导的声音：“咱们公司从来没出过这种事，这个小姜一来就……唉，怎么会出这种事呢？小姜怎么会是这样的人啊？”

说我？我一头雾水，今天一天我都老老实实工作，我怎么了？睡不着了，我穿衣下床。

老板装在衣兜里的两千元钱不翼而飞了？衣兜？钱？我的脑子里迅速回放白天的镜头：刚到时，我被接到老板办公室，和我握手打过招呼，就安排我吃饭。离开时，听见手机铃音，发现声音来自桌上，我就告诉要出门的丽丽：“谁的手机响了。”丽丽是老板秘书，老板让我和她住一个房间，让我有什么事可以请教她。

当时丽丽走过去，提起桌子上一件西服看了看，说：“哦，没事没事，你吃饭去吧。我来处理！”

西服！我的脑子里反复出现老板的那件黑西服，丽丽提起衣服的动作还在我眼前闪呀闪的。我出去吃饭了，但是发现丽丽没来，老板说："丽丽不舒服，大家吃饭，别等她。"

钱？哦，原来老板兜里不光装着手机还装着钱啊！问题是钱丢了，我没拿，可大家都以为我拿了！我很冤枉，长这么大从没偷拿过别人的东西，过去日子艰难时没拿过，如今日子好过了，更是没做过这等事。

不，不行，我不能就这样吃哑巴亏！该怎样说呢？能把事实都说了吗？那丽丽不成怀疑对象了？丽丽和老板的关系非同一般，他会信我的话吗？我左思右想，左右为难。

丽丽回来睡觉时，对我的态度一点都不友好。她说："老板让我告诉你，你被辞退了！找谁都没用，贼还能承认她是贼不成？"

我，贼？我就这样离开吗？如果我这样离开了，那是不是相当于承认自己是一个贼了？我是吗？我走吗？不，天亮时，我终于有了办法。

我收拾行李去找老板，不等他说话，我就先说了一通，最后我把所有行李摊开放在地上，连钱包也打开——我身上的裙子没兜，所有的钱只能装在钱包里。然后，我说："自从到这里来后，我还没出过公司大门，我找到这份工作不容易，我很珍惜，我希望让我留下来……"

老板倒水过来，我把老板娘也请了过来，我说："我本来不想说什么，我没偷就没偷，不想解释，可是如果以后再有人也这样被冤枉就不好了，你们是精明人，自己的钱财说丢就丢，怎么保管的？从哪个细节看出我拿了？是不是经过深思熟虑或取证调查得到的结论呢？”说完我回到房间，丽丽刚化完妆，看起来却不怎么美。

她看着我，声音里少了昨晚的霸气：“你不干了？”

我扬起头正视她：“丢了一份工作无所谓，但我绝不会把人丢在这儿！”

没过多久，公司副经理叫我，说老板让我留下来！

那个纺线的年月

过去乡下娃爱玩，玩的花样也多：滚铁环、打尜、打撂子、丢沙包、纳方、狼吃娃、打猴等，我大概记得二十多种。至今对它们的玩法及当时的场景还记忆犹新，那情景，那感觉，以及其中有趣的故事，至今也令我难以忘怀。

那时我是出了名的“玩家”，记得很小的时候就被母亲扶上了秋千架，后来不仅打秋千很棒，就连女孩子不常玩的斗击也是无人能胜。我还不断“发明创造”玩的花样，当时我们管一种玩法叫“bia墙”，意思是将身子跟墙紧贴。其实就是紧挨墙玩倒立，我那时身子软，像在沸腾的水里蒸煮后变软的木条，可以随意弯折一样，想咋摆弄就咋摆弄，而且哪儿都不疼，倒立的时间之久，引得惊呼不止。我的一位老师就曾说我的身体柔韧度异于常人，可惜没被“合理利用”。到了如今硬胳膊硬腿的地步，真是遗憾遗憾！

我理所当然地被推选为“娃娃头”。可别看我在“毛毛兵”面前趾高气扬的模样，一见到父母我就像刚栽的菜苗遇到火太阳般焉了下来，有时话都不敢大声说了。

我自幼家教甚严，姐妹四人从小就学会了纺线，线纺得好也一度在我们村里出了名。我清楚地记得，当时有人说我妈：“怪不得给娃起名字都带纺（芳）字，原来都是些纺线天才！”

上小学二年级时，父母不再让我搓捻子了（就是把棉花在四方枕头上摊得薄厚匀称，然后用高粱梢制作的捻棍擀面一样压在棉条中间，左手拿着捻棍，右手撑开，用大拇指和小指由前往后轻轻一撩，前后搓两下就成了，做纺线时用），母亲开始教我纺线，自小就看着姐姐和母亲在我跟前摇纺车，稍微一点拨，我就会了。父母规定我每天必须纺一个大线穗子。放学或者节假日，纺线就成了我的重要任务。

开始时，我让母亲将纺车放在炕头，纺车是用笨槐打造的，底座是一个“U”形木架子，架子上担着一个拇指粗的木轴，轴上有两个大飞轮，飞轮的齿是用长约一尺左右的十二个木条以公母铆形式固定着的，轮子和车子头用一根结实的弦连着，两个大小不同的圆柱体和连接的框架组成了一个纺线车。我爱听广播，房间的墙上固定了一个有线广播，父母不在身边时，我可以停下纺线动作，站到喇叭跟前去听，这样，那些任务就要拖到晚上熬夜完成。

夜晚，点着昏黄且摇曳不止的煤油灯，我坐在炕上，右手握住纺车车把，左手拿着棉花捻子引在锭子上。纺线车摇着动起来，嗡嗡嘤嘤地响，左手便慢慢抽出棉线来，那线一丝一丝的，源源不断地从捻子里“流出”。渐渐在锭子上形成了“线穗子”。“线穗子”越来越大，丰盈起来，我一天的纺线任务就算完成了。

烛影摇红，我不停地摇动纺车，看着投射到墙上的自己和纺车的影子，非常羡慕此时躺在被窝里的人们，心里就想着如何摆脱纺线的命运。后来买了收音机，纺线车挪到厅堂，那里两面透风，十分寒冷，但能听收音机，我就又高兴了。

不过在伙伴们面前，我却从不说我会纺线，如果他们来家，我会像电影里快镜头一样，用最快的速度离开纺线车。

那一次，只顾听广播，我没有和平时那样缓缓地抽线和上线，线纺得粗一节细一节，好多线还从锭子上嫘了下来，线穗子不再“圆滑”可爱了。怕父母责骂，就趁旁边没人，一把把线穗子从锭子上抹了下来，迅速装进衣兜。怎么办？放哪儿呢？我在屋里来回走动，终于瞅着那个衣柜了，将它塞到里面，还扯来被套盖在上面，但转而一想，母亲每天都要缝补衣服，万一被她发现了怎么办？转了一圈回来，我又蹑手蹑脚过去将它从衣柜里取出，偷偷揣在身上，看着四周静悄悄的，灵机一动，飞快掏出朝门口麦秸垛里一丢，用手刨刨用脚踩踩，和乱乱的麦秸混在一起。

母亲是在晚上烧炕时发现烂线穗的。她没有骂我，也没有打我，甚至没有大声说话，只轻轻抖掉沾在上面的麦草，拿回屋里。一家的穿戴还有家里的被子、单子全依靠她织的粗大布呢！

如今我已过不惑，给儿女们讲这些时他们都不信，现在的娃娃怎能体会我们那时纺线的感受呢？

我当门长

门长，一听名字就知道是管教室那两扇门的人，这算世上最小的官吧。我就当过，而且一当就是五年！

入学前我因为会玩，吸纳了很多人气，入学后就当了班长。因为家就在小学的隔壁，距离学校近，不久就被大家选为门长。那时，学校四面没有围墙，社员们去地里都从操场中心穿过，把那里当成路了，门锁常被人撬开或踏坏。门长不好当，更不能睡懒觉，早上起大早开教室门，放学也得等人全走了，才能锁门回家。

我是死活不愿意当门长的，我知道老师每天布置的作业那么多，加上还有纺线任务，我怕自己不能胜任。但不管我怎样声明，总被大家众口一词给压了下去："五个字，你非当不可。"回家后，我一边摇纺车，一边想办法，最后决定，估摸着时间差不多就先去开教室门，然后回家接着纺线，听见打铃了再跑到教室上课。于是，我就经常踩着铃声进教室，是班里去得最早也是最迟的一个。

虽然事很多，但我爱玩的天性始终没改，就算是"黄金铺地，老少弯腰"的收麦季节，我也照样"玩"兴不减。

那天下午，放学回家路过打麦场，麦子已经碾打完毕，麦秸黄灿灿地铺在场面上，浓浓的草香和着泥土的清香与阳光的香气迎面而来，分外诱人。我一时兴起，扑过去倒在上面就翻起了跟头，干爽绵软的麦草又蓬松又暖和，躺在上面舒服极了。我像马儿撒欢一样扑在上面，一会儿大滚翻，一会儿又做前滚翻和后滚翻，充满太阳味的麦草洋溢在我的身体周围，这种自然而又放松的感觉让我快乐无比，索性滚来滚去，沾了一身麦秸。

旁边有人见我身着背心和短裤，担心我被麦秸扎了，我摇摇头："不扎！软和着呢！"看到别人长衣长袖还被扎得大呼小叫，我就纳闷，我是真的感觉不到扎，兴许这里的麦草舍不得也不忍心扎我，我是闻着麦香长大的，是黄土地的乖女子！汗湿透了衣服。天黑了，麦场上静了下来，村里炊烟升腾时，我才从麦秸里站起身，抖抖身上的柴草，忽然，我惊呆了，脖子上的钥匙不见了！天啊！这可怎么得了？明天同学们咋进教室？

那时丢了钥匙对十岁的我来说可是大事呢，真的好比丢了一大笔钱似的。我的头一下子就大了，赶紧动手翻麦秸。弱小的我几乎把场上的麦秸翻了个遍，但钥匙连个影儿都没有。我开始埋怨那些麦草了，怎么不扎我呢，也许扎一下我就清醒了，就不会丢钥匙的。怎么办啊？我哭了，黑夜里我的哭声很大。

父母和哥哥姐姐们已经找我很久了，放学到现在没回家，他们能不急吗？听到我的哭声，他们飞跑着就来了。母亲把我搂进怀里，刚挨到我的胳膊，就被我身上的麦秸扎得惊叫起来："哦，你这个娃，一身的刺，赶紧回家洗去！"

“我不回！坚决不回，我把钥匙丢了！”

“怎么会丢？丢哪儿了？怎样丢的？”哥哥只问，也不等我回答就和父母姐姐们一起翻麦秸，爱整洁的姐姐被柴草弄脏了手和脸；穿着新衣服去相亲下午才回家的哥哥身上沾满了麦秆，然而，那把钥匙像打迷踪拳、玩隐身一样再也没找到！

“不用怕！明天把旧的撬了！”父亲劝我说。

我一夜都没睡好，梦见的都是钥匙。

第二天，父亲领我去学校，我却怎么也不让他撬锁，父亲说：“咱赔人家新的！”我还是不愿意，自我当门长这一年来，班上从没有丢东西和踏门撬锁的事发生，现在怎么……

一堆同学在门口埋怨不能进教室，老师递起子给父亲，我这才无奈地点了头。

“我不当门长了！”我对老师说。老师让同学们回答我，大家还是那五个字：“你非当不可！”

我一下子又当了四年！

一件丢人的事

在一切都有所进步的今天，在农民“反诈骗”能力不断增强的时候，出现了这样的事情，我认为是一件丢人的事，但我很想把它说出来。

近年来，我和爱人老理经常打架，原因都是因为对门房客小周。小周很会说话，常找老理闲聊，老理对他心服口服，无论他说什么老理都信，可我不信，我说小周是骗子，老理就说我不相信人，把好人当坏人看。

小周到底是哪儿人我们至今都不清楚，只知道他的姓名，知道他五年前从中山街搬到我家对门住。他说他是吴家堡人，宝鸡女子杨某是他的第二任妻子。他说他当过兵，在武警学院待过。2008年在西宝高速咸阳段当巡警，2009年调到杨凌段，可我找过，人家都说不认识这人。

看他的样子，说话蛮真诚，一口一个哥，老理就说我：“人家咋能是骗子呢？真是女人家见识短。”可我还是不相信他，不准老理借钱给他。这怪不得我，我不知道他的底细，怎能不提防着点。老理为此常和我吵架。

老理实诚，忠厚善良，从不亏人。可好人难活呀，他经常被人欺负被人骗。我这次也怕他的善良被人利用。

老理说：“你不要管了！我对小周那么好，他咋忍心骗我？”然而，小周不见人影儿了，他借了老理的钱，消失了！

上个星期天，主人回来，打开家门时，屋里空空如也。老理愣在那儿，半天没反应。村人知道了，都笑老理傻：“人家把你卖了，还帮人家数钱！”

老理想起小周走时给他了一把钥匙，说：“屋里东西你先搬点过去，其余的你拿着钥匙就放心，钱不会欠你的。”老理就相信了。可他不知道，东西一点点早就转移了地方。

老理整日愁眉苦脸，人也越来越瘦。我看着心里也不好受，和他过了二十年了，第一次见他这样！

小周，你在哪儿？你真的不来了吗？你实在不该欠着“你哥”的钱走了，那玩意儿咱挣得也不容易。你说过你哥对你太好了，你说你应该报答他。你说：“作为报答，让鹏当巡警去，高速路正招人，就让咱儿子去。好多人求我要去，我都没答应。”你哥听你这么一说，就把儿子从技校叫回来，儿子听说能当巡警，也高兴地要给你送礼致谢。

村里人都说：“好心有好报，老理对房客好，人家给他娃找了个好工作。”

等待的日子总是嫌慢，两星期过了，你来说：“三千元钱不行，得交五千元钱，有的人想交，愣是钱没地方交，哥你说是不是？”你哥点头称是，我从西安回来就见你和你哥亲热地说话。你每次都说，一个星期准搞定，和人家已经说好了，下星期上班。但一个月过去了，你还说让娃等通知。

在经受了一次又一次的忽悠之后，我越发不信任你了，惹怒你哥，俩人闹别扭，怄气。

三个月过去了，儿子说："小周快把我整神经了！欠咱商店的帐……说话老不算数，我不想当巡警了……"

这时你来了，拿来一顶帽子说："这会儿咋好变卦呢？好了，衣服都订做好了，我看他们给你做的帽子有点大，先把我这旧的给你戴着，下个星期二你就去。"随后你又消失了，星期二过了仍没你的音信。

儿子刚要去学校，你来了，说："名都报了，再等两天，可能是陈阳寨段把这事给咱忘了，我催催！"你拿着一件马甲让娃试穿，"好了，这下说定了，好好干，小伙子！"

我半信半疑："小周，娃的事拖了几个月了，我不想让你为难，事是好事，怕咱娃不适合！"

你打断我："不，不！不怕，让娃跟着我，你放心！嫂子我来几次都没见你。终于说定了，好容易盼到这天了，咋能……"儿子试着衣服，被你夸着，听你讲做巡警的乐趣，他笑了，不想去学校了。

过了几天你来问我们接到高管局电话没有，我们说从来没有。你说："娃的名字都公布了，在交通广播上公布的，怪你们没听到。等通知吧！"

等我从西安回来，才知道你搬走了，什么事也没帮你哥办。

你哥说他怎么也不相信你会从他眼皮底下消失，他固执地说：“不可能，小周咋能骗我呢？我对他那么好，他咋忍心？”

的确，你哥对你不错，这话是你亲口说的。你口口声声喊他哥，好像他就是你的亲哥。自从你住到我家对门，常有人找你麻烦，说你骗了他们的钱，来向你讨债。你说那些人是无赖，你让你哥说你不在，你哥信了你的话，好说歹说才打发他们走。

你和妻子工作忙，没在家时，你儿子阳阳哭一声，你哥就往外跑，要不就朝我喊：“小周的娃哭呢，还不看去！”你家的铁门响一声，你哥就去看是谁在打门，娃娃朝你屋里扔石头，你哥必会制止；你家门口是他打扫干净的，好像那屋里真的住着他的亲兄弟。其实我知道，他对你比对他哥还好呢，他哥的狗他没喂过，你一个月不回家，你家那两只大狼狗都是他替你喂的，新进的一大箱火腿肠全都喂了你的狗。你哥说：“小周是出门人，有难处，咱不能眼睁睁看着不管。”

小周，好长时间没有你的消息了，不知道你去了哪里？你别为难，鹏已经不想当巡警了，他的事再不劳你费神了。另外，你搬走时，留给你哥的那把钥匙请你拿走，这钥匙可惹了大麻烦。房主屋里丢了东西，很生气，以为你哥配有他家钥匙，丢了的东西是你哥偷走的。以前，村里人出门，都留钥匙给我们保管，如今说怕我们配一把钥匙出来。

你哥成了贼，他当时也生气地说，想把你好好地捶一顿。我们从没有偷过人，我们指望你回来说清钥匙的事，还我们一个清白。还别忘了，你的帽子和马甲也在我们家，睹物思人，一看见就想起你，你拿走，免得你哥又说："小周，你咋害哥呢？哥待你不薄。"

……

此时已是午夜时分，似乎听见街上吵吵嚷嚷，有人在叫："理哥！理哥！我要找到我理哥，我欠他太多了！"听声音像是小周。

我奔过去打开门，门外漆黑一片，没有人声，只有风吼。

我和我追逐的梦

梦，人皆有。回想往事，我深深地感觉到：每一个普通个体的梦想，只有仰仗国家的力量，才有可能开出绚丽芬芳的花！

我叫姜兰芳，是陕西咸阳秦都区的一位农村妇女。在我很小的时候，就对文学产生了浓厚的兴趣。学生时代，“作文写得好”就曾给我带来许多奖励。后来回乡务农，十几年后，大家忘了我的名字，可无一例外的是，都记得我是他们“作文写得好的那个同学”。

曾记得刚上初中时，我的第一篇作文就被评为范文，上了板报，村小学知道后，说我给母校增了光。每当放学后，我横穿小学操场去地里拔草时，教室里都是一片欢呼，学生们从窗户里看我，齐声大喊我的名字，弄得我很不好意思，羞得路都不会走了。后来不敢从那儿过了，就从外面绕个大圈去地里。

我是班里的“故事大王”，记得那时候同学们都喜欢听我讲故事。现在想来，那时候我脑子里之所以有源源不断的故事，大概是爱看小人书和爱听广播的缘故吧。可我还是想不明白，我怎么就爱上文学了，而且爱得如痴如狂，爱得死去活来。也许那个时候，文学梦想就已经在我心里生根发芽了。不知为何，父亲坚决反对我喜欢文学，但他越是反对，我反倒越是喜爱。有了钱首先想到的就是买书看，买不起名著就买一些报纸和杂志来读。为了看书我经常惹父亲生气。

结婚生子后，生活一度非常清苦。眼前的一切迫使我接受残酷的现实，我只能强迫自己进入农妇的角色，拼尽力气做贤妻良母，千方百计过好日子。我靠在外摆小摊或蹬三轮贩菜赚取生活费用。早上四点过起床赶往蔬菜批发市场，晚上十点过回家。这样的劳作让我常常觉得自己的骨头都散架了。然而，每天夜半时分，广播里播的小说我始终没忘记收听。

那时候家里穷，只有一个电源插座。有天晚上，我刚将收音机插头插入，爱人要看电视里的球赛转播，我们就为争“电源”打了起来。

“我白天在菜场不能听，晚上这个频道信号本来就不好，我听起来那么吃力，你还不让着我……”我哭着求他。终于，还是从广播里陆陆续续听完了《穆斯林的葬礼》《平凡的世界》等小说。

农村妇女最为忙碌，总有干不完的活，对文学，我也只能偷偷地喜欢。村里没有人支持我，有的只是讽刺和挖苦，我非常不甘心，毕竟我是村里唯一发表过文章的人。于是把庄稼养在地里，同时我也偷偷地将文学养在了心里。

农活很多，家务很忙，我只能用少量时间和精力打理文字。

我真的开始写了，还发表了文章，后来那些偷偷写的文字还获了奖。我心中的文学梦想又一次被点燃了。夜深人静时，我一个人趴在桌上，写下生活中的感悟和启迪，并且乐此不疲。

渐渐地，我的奖金和奖状垫高了我卑微矮小的身材，我从“地下”慢慢转到公开写作。从此，无论日子过得多么艰难，世俗的眼光怎么看我，我都坚持用手中的笔，在孩子们用过的废旧作业本上，一个字一个字地记下生活中的苦与乐，写着农村日新月异的变化，感悟人性光彩与阴暗的一面。

如果哪一天没有纸和笔了，我就用孩子们扔掉的铅笔头，在用过的作业本背面写，写成的稿件在房子的一角摞了高高的一沓又一沓。

紧接着我又写了《婚殇》《乡村风流》和《血色女人》三个长篇。写那本反映农村家庭暴力的小说《婚殇》时，真是费尽了心血，写小说人物的悲喜时，我常常忘记时间，以至于双腿冻得冰凉，麻木到无法挪动。由于常常沉浸在写作之中，加之对电脑功能掌握不多，很多次等我一口气写了上万字，高兴得手舞足蹈之时，却因为不小心忘了点击“保存”，而使一夜的工夫白费。

虽然这本《婚殇》只印了几百册，但没想到这小册子也很受欢迎呢，很多妇女上门跟我诉说她们的难事，还有农妇寄钱给我，支持我继续写。很快，省作协与慈善会帮我正式出版了《婚殇》和《乡村风流》。我被陕西作家协会和咸阳作协吸收为会员，当选为陕西农民诗歌协会理事，陕西人民广播电台农民通讯员。

没想到我的梦想还能实现，谢谢关注陕西本土文学的好心人。最令我高兴的事是，2013年，在一位老师的引荐下，我走进了西北大学。我能坐在教室里，并和中文系的学生们一起学习，我又觉得有一股力量酝满全身，而这一切的一切恍如梦中。

小梦支撑“中国梦”，我对我的祖国充满了感情，我没法不爱我的祖国，因为只有它富强了，我们个人的梦想才能成真！中国梦是民族的梦，也是每个中国人的梦。中国梦，我们的梦，它映射在个人的人生之梦中。我相信有梦且追梦的中华民族，一定会勇往直前，美梦成真！

我开小店

很多年前，我在城里繁华地段开了一家小杂货店。当时农村还很贫困，一群人中，一眼就能分辨出城里人和乡下人。

我初到城里时，人生地不熟，还要挣城里人的钱，当时心里一点把握都没有，老担心会冒出几个无赖，拿货不给钱或者无事生非。后来我才知道，这担心纯属多余，到店里来的人都很礼貌，我的微笑和诚信总能很快得到回报，甚至举手之劳也会被他们感谢半天。比如，搬出小凳子给门口等车的人，给路过口渴的人倒一杯水，提醒顾客拿好随行东西等。这些不足挂齿的小事，都赢来一片赞扬之声。

令我感触较深的是城里的孩子，他们说话都会先礼貌地叫阿姨；多找的钱一分不要；雪糕纸从不乱丢；不小心踩脏了地面，还会说声对不起。

在这里也很少赊账，都说我小本经营赊欠不起，即使忘记带钱被我“逼”着欠下货款，也必定要打条子签字，过不了几天准还。

一回生二回熟，我和他们熟了，也不由自主喜欢上了这些善解人意、有文化、素质高的人。他们好像也很喜欢我，说我态度好，会做生意。城市拆迁时，我的小店要迁走了，他们像老朋友一样送了我一程又一程，两位老顾客竟然还流了泪。我心里很难过，因为舍不得这里的和谐和文明！

2003年，我想在自己家里开一个小超市。当时有人说，乡下开超市不合适，我打算先试试再说。没想到，仅一个月我就丢了很多东西，就连备用秤上的秤砣也被人偷去当废品卖了。鸡蛋丢得更是邪乎，于是我就专门守着鸡蛋，想知道是谁偷拿的。

那天一早，来了第一个顾客——一个买糖的小男孩，男孩是四组的，八岁多，家里很富有，一天来这里买好几次糖。我低头找零钱的空隙，瞥见他快速将一枚鸡蛋装进了裤兜，我抬起头定定地看着这张幼稚的脸，男孩意识到什么，神情极不自然。我把目光又投向那盘鸡蛋，整盘鸡蛋少了一枚，仿佛一朵花少了花瓣。我打量着这男孩，他裤兜被鸡蛋撑得鼓鼓囊囊的，好像身体上长了个毒瘤。我说："那鸡蛋打了会把你弄脏的……"还未说完，男孩掏出鸡蛋放在蛋盘里，转身就跑。

过后我才知道，男孩前几次拿回的鸡蛋都被他母亲炒着吃了，他母亲还夸奖他了呢。

记得有一天吃饭时，村里的小张来了，我放下碗筷，等了好久也不见他说要买什么东西，以为他是来闲逛的（经常有村民来这儿闲逛），我就去房间端碗吃饭，等我再出来时小张就不见了。隔壁媳妇悄悄对我说："刚才我从窗子看到你店里没人，小张提了啤酒就走了，我的店也被他偷过。"这时，我才发现店里的啤酒少了一捆。

这样的事经常发生，我终于打消了开超市的想法，而是像原来一样，把货物塞进柜台里，也把顾客隔在了柜台的外。

我的笑容仍然依旧，诚信经营，可村民们却让我万分痛心。

村里的人最大的爱好是打牌，如果来你店里，你就得热情接待。个别牌瘾太大，我就劝他们玩玩就回家，结果遭到牌迷一致反对："来打牌是给你哄摊子（捧场）的，是看得起你，别的店烟茶招待我们还不去呢。"

我随口说："那你们去呀，我才不喜欢人打牌呢，我是商店，靠货真价实说话，打不打牌无所谓。"

这下得罪了他们，从那以后，店里就没有顾客了，冷清至极，没过几天就到了关门的地步。

好心人劝我说："现在农民有钱了，不打牌就没事干，农闲时全村人几乎都在牌场。牌迷现在在村里最吃香，人数众多，力量强大，打牌就消费，和他们过不去就是和钱过不去。你不让人打牌人家就不会打了吗？打牌地方多的是，村里哪家店不是场场爆满，你能制止？你还是腾出地方让他们打牌吧。"

于是没过多久，我的店成了麻将场。男人们梳着光溜头，抽着高档烟；女人们戴着金银首饰，打扮一新，与男人打情骂俏，说着粗话，充当起长舌妇的角色。

听他们毫无根据地说某人坏话，搬弄是非，我不由得笑着插了一句："说话不听他人过，闲谈不论他人非。没调查清楚不能乱说呀。"牌迷们立刻群情激昂，矛头直指向我。我匆匆逃离现场。

在暗处，我还是听见他们议论我，说我说话一点水平都没有，还说准备不来这里打牌了。听到他们这么说，我很紧张。如今我一家老小全指望这店养活，2008年剩余的那点地征地补偿费也才是7万/亩。我明白，店要开下去，仅靠货真价实和宽容心已经不够了。为了生计，我决定改变自己。

我高声说话，说很粗很粗的话，大谈麻将，大着嗓门说笑话，甚至还说些黄段子，当大伙谈论某某时，我也随声附和。没料到疯子般的我竟受到他们的特别尊重与欢迎——一块出游时她们破天荒要叫上我；年龄小的不再直呼我名字，而是叫我嫂子、婶子；年龄大的都夸我本事大，像个当农民的样子，说我的店是村里开得最好的。

我有时纳闷，我怎么有做不完的事，而那些村民们却有时间整日坐在牌场无所事事，闲得可怜！

闲　话

去姐姐家帮忙收麦子，见两个女人打架，一打听才知她们是婆媳。媳妇的朋友和媳妇在房中说话，婆婆怀疑在议论她，就骂走了朋友，媳妇面子搁不下了，于是打打闹闹到了街上……

收完麦子回家，看到几条手机短信，出乎意料都是针对那篇《夜半闲话》的。有人问我是否对哪个文人不满；问谁得罪我了；说的是谁等。

“怎么会？我姜兰芳算什么？一没学历，二没本事。无才无能。当初不认识咸阳文坛的人，人家却为我的书做宣传，个个对我都那样好，我有啥不满意的？凭良心说，世上除了我爸我妈，就他们把我当人看。”我一时竟非常激动，回电话时我都哭了。说一句发自内心的话，我认识的文人都是那么平易近人、谦和有礼，对他们，我除了感激还是感激。

远的暂且不说，就说身边的吧。

记得《婚殇》出版六个月后，西安的一位作家对我说：“你出书了，应该给咸阳的作家都送一本，算是打招呼，也是对人家的尊重呀。”当时我想，那叫啥书？再说由于我对文化界的事很生疏，就打消了送书的念头。

可是，没过多久，就有人告诉我：“你出书的事登在咸阳报上了！”我不相信，可就在那天晚上，我看到一条短信：“杨波海写你的文章登在11日报上。辛建斌。”我当时就有一种受宠若惊之感，我虽然不认识杨老师和辛老师，但对他们的大名早有耳闻，没想到大作家会关注我这个平民百姓！

后来我又陆陆续续得到刘公、赵新贵、王贤、杨红爱、宁颖芳、电台主持人子涵、报社记者毋佳欣、刘建斌和电视台的小吴等许多朋友的支持和鼓励。偶尔去杨焕亭、鲁曦等老师的博客，他们也是有言必复，从不敷衍怠慢我；秦力老师第一次见我就送了一大包书给我；张教授、迟骋等老师像老朋友似的留言鼓励我，特别是王海老师，竟然没有一点名作家的架子，不管是否忙碌，都会接我的电话，拉家常一般谈着文学。

不看不知道，一回头，才发现原来在我生长的土地上还有这么多关心我的人！

难得老天这样眷顾我，让我碰到这么多好人！也许有一天文学会无情地将我抛弃，但是纵然我永远与文学无缘了，但我都会感激他们，记着他们的恩惠。

有人那样理解博文的意思，实在是不了解这些人啊，怪就怪在他们擅长对号入座。也曾发生过一件类似的趣事：前不久，有人找到我，一脸严肃，手指着我的额头，劈头就问：“你写书骂我干啥？”骂你？我心里正万分疑惑，此人继续说，“我一辈子只结过一次婚，你在书上却说我结过五六次婚，现在还是光棍，咋还说我偷着养了个野老婆……”来人气愤得手都开始“啪啪”地拍桌子了。我看到那人的光头，立马恍然大悟，哦！他把自己和书中的“太阳叔”联系到一块儿了！

我的两位老师

安老师是我小学二年级时的语文老师，当时他二十来岁，浑身散发着青春活力。他的眼睛深邃有神，眼眸乌黑，脸也黑黑的，眉毛粗粗黑黑的，鼻梁高挺，整张脸棱角分明，穿着朴素但大方整洁。自我介绍说姓安，单名一个“凯”字，说我们可以直呼其名。

他也是我们的班主任，工作上极认真负责，批改作业非常细心，对我们要求很严格，也经常让我们指出他的缺点和失误，他笑着说：“人无完人，老师也一样，错了你们大胆说，不要怕。”

安老师的母亲去世不久，他臂上的黑纱还没有取下，就逢区教育局在我们班组织公开教学课。那是第一次公开课，来的外校领导很多，加上其他老师和同学，满满当当坐了三排，空气中有一丝丝紧张的气息。很多同学正襟危坐，以至于脖子酸疼硬硬的难受。不知道安老师是因为没休息好还是因为紧张，他拿粉笔的手微微发抖，鼻梁上有了细密的汗珠，平时很少写错字的他竟然有了小小的失误，将单薄的“薄”三滴水上面一点标到了草字头一边。过去千挑万拣都没发现老师出过错，今天好不容易逮住了，我岂能错过这个机会，想都不想就勇敢地把手举过了头顶。

“哦。”安老师转身朝黑板上看去，很快用粉笔作了修改，回头对我说了声谢谢。

我听见底下有大人小声说：“咱都没看出来，这娃眼真尖。”

安老师平静地继续讲课，奇怪，这时候的他倒没有了先前的拘束，显得从容淡定了。

下课后，有同学对我说：“你显什么能？安老师要被扣分的你知不知道？得罪班主任有你好果子吃！”

我恍然大悟，既后悔又害怕，早知道“扣分”我才不说呢，安老师是民办教师，家里条件不好，养活老小就指望他一个人。安老师以后肯定不会像以前那样不厌其烦为我答疑解惑了。

安老师果然被“扣分”了，但是，我发现他仍然一如既往地对我，没一点“记仇”的迹象。那次他给我讲完一道题的解法后，我随口提起那天的事，安老师说忘了，想了一会儿微笑道：“哦。那天多亏你指出来，好多老师都夸你呢，就要这样，这样好，这样的学生是老师的幸运！”说话时，安老师一脸的真诚。

牛老师是安老师高中时的同学，初中一年级时，他教我们语文，他个子不高，眼睛也不大，但生着一张大脸，那脸老爱板着。如果哪一天他讲课认真了，那必定有领导在。

他以往上课几乎都背对我们，只用粉笔在黑板上写字，时常一手捧教案，一手拿着粉笔，两腿叉开，两脚一左一右拉开距离，极认真极卖力在黑板上写呀写，不喊他三声他必是听不见的。有时书写告一段落还向后退一步，自己欣赏一会儿，然后自夸一番，像是农民在夸自己的秧插得整齐好看。

牛老师的板书确实很漂亮，连他自己都说没有领导不喜欢他的字，让我们不要轻易擦掉，好让别班老师学习学习，参观参观。临放学时，他自己还真的引来教导主任和校长看了。

上牛老师的课不需要耳朵，只需要笔照抄就行。牛老师照教案抄，我们照黑板抄，抄抄抄，即使看不懂也别问，牛老师忙着修饰板书，没时间理你。

然而，那一次憋得我实在难受，我发现课文第三段的段落大意怎么看都是第二段的意思，因为那课文我很喜欢，预习时都背了。我停笔看着黑板发愣，是，牛老师的确抄错了。

有小学时安老师惯我的“毛病”，我这人就喜欢当面锣对面鼓地指出别人的错误。我不得不出声唤牛老师了。第四声时，他转过身。

“老师——”

“咋？”

“您那个段落大意不对，第二段和第三段……”我指着黑板。

“坐下坐下！”我话还没说完，牛老师就不耐烦地摆手，反感地说，“照着抄你的！老师都不知道对不对了？没你懂得多？真是把死娃朝井里撂，丢人都不知道深浅，照着抄！”说完转身继续摆开架势，扎着马步，左右开弓，专心致志地使用手中的红、黄、蓝、黑各色粉笔写。

教室里一阵哄堂大笑。

我觉得牛老师的话像一把带刺的荆棘直扎我，来势凶猛地将我的额头、眼皮、双颊刺得血肉模糊。脸热辣辣地疼，泪在眼里打转，我把嘴唇咬出了血才没让它们流出来！

“大家改一下，刚写反了！”牛老师突然急急地说，接着拿起板擦飞快地擦去被他“张冠李戴”的段落大意。然后只见他右脚收回，并拢双腿，合上教案，轻咳一声便开始讲话，“大家先放下笔，老师有几句话跟大家说……无论什么时候，老师错了你们都不要说，更不要在别的老师和同学跟前说，记住了？这最丢老师面子了，这叫拆台，弄不好把老师饭碗打了。有些同学大庭广众之下就说老师不对，明显就是冒犯老师，这种学生都是白痴，绝对没发展前途，老师一个都不想要，老师不喜欢，知道吗？过几天公开课，各校校长来，按分给老师涨工资，谁冒犯我，拉了分你就操心着！”牛老师眼斜看我，面色更难看。看到他这样，我就不敢作声了。

不久的公开课上，牛老师一改平时的邋遢，一身新衣，一头刚染的黑发，黑牙洗得干干净净的，当他把写满字的小黑板拎进教室时，漂亮整齐的板书立刻引得在座的领导们啧啧称赞，由于进行了课前设计和精心包装，牛老师最终被加了分。但我们都不喜欢牛老师的课。

毕业后，同学们每年相约去看的却是安老师，他早已从民办转为公办，连年被评为优秀教师，当了多年校长，如今已退休，并连任人大代表。我们簇拥着桃李满天下的他谈生活和人生……而牛老师呢，连民办教师也没当上一年，早被逐出了教师队伍。

二十年后，我在街上遇见他，叫了声老师，他一下瞪大了眼，好久才说：“如今就你还认我这个老师，那些学生都没良心了……”

给侄女婉儿的回信

婉儿：

来信收到，详情已知。

得知你对将要开始的农村生活顾虑重重，甚至认为回乡务农是跌到了苦井里，我便不免为你着急、担忧。

多年来，你一直住在亲戚家里，在大都市里求学、生活。你不了解现在的农村和农民，所以才对他们有很多偏见。

最近你的心情不好，这我能理解，因为我也曾有过这样的经历和感受。三次复读，三次落榜，这对谁来说不是残酷的打击呢？可你一定要知道，上大学不是唯一的路。在三秦大地新农村里，没上大学也同样可以施展才华，体现你的生命价值！

婉儿，自从推进新农村建设以来，咱们村里发生了天翻地覆的变化，你印象中坑坑洼洼的泥水路已经不复存在了，取而代之的是笔直宽阔的大马路。一排排新盖的楼房漂亮气派，整齐地排列在村道两边。这样的楼房依然有村民嫌不好，干脆搬到村里建的花园小区里居住。

村民用上了天然气，厨房装了换气扇，却也很少有人围着锅台转了，大多村民到外边买现成的吃食，有的干脆下馆子去吃，为的是节省时间创造更多的财富。家用电器、音响、闭路电视、手机、空调等几乎家家不缺。好多人还把小汽车开进了家，摩托车更是家家都有。金银首饰和电子产品等近年来也成为年轻人结婚的必备之物。

村里建了新校舍和图书室，还建了健身娱乐广场。种地大部分机械化，村民不纳粮还有补贴，娃娃的学费免了，合作医疗实行了，老年活动室装上暖气了，自乐班的戏唱开了，尊老爱幼、助人为乐也蔚然成风了，幸福生活把人们的精神面貌改变了，村民现在比城里人还潇洒呢！

咱农村人喜欢秦腔，也爱听广播， 田野里经常是广播声连成一片，大家边干活边听广播，这几乎成了田园里一道独特的风景。

一次，大家从广播里听到主持人在读我的文章，都很惊讶。从那以后，我会写文章的事就在村里传开了，大家从各方面给予我支持和鼓励。而在过去，这些事却被看成不务正业，是要受到嘲笑的。

在党的富民政策的强大动力推动下，农民的日子更是像甘蔗一样一节比一节甜。那种传统的生活方式已经改变了，日出而作日落而息的生活模式也不适合他们了。他们的劳动时间完全由自己支配，不受约束，自由随心。

清早起来，带着收音机去地里，呼吸着自然清新的空气，你会立刻感觉到这空气很特别，这是世上最纯的空气，那种沁人心脾，那份心旷神怡，会让你觉得自己到了世外桃源。

置身于深厚博大的乡土田园，瓜果和菜花的香气阵阵扑鼻，黄瓜和西红柿现吃现摘，有人想吃了干脆也不摘就直接在上面咬一口。反正是自家弄的，能吃不能吃自己知道。

干活累了，钻进地里草庵里睡一觉，醒来用井水洗把脸再干。吼几声秦腔，唱几句乱弹，瞬间精神抖擞，那个舒畅呀，那份快乐呀，简直无法形容。

该回家做饭了，把铁锨锄头连同换下的脏衣服统统锁进草庵里，随手掰几个甘甜鲜嫩的苞谷棒，再给家里捎些菜。那菜鲜嫩漂亮，绝对新鲜水灵，也忘不了摘朵渠边花树上的花，夫妻双双闻着花香一路欢笑着往回走。水塘里蛙声一片，树林里鸟叫婉转，看不够的田园景色，说不完的田园情趣，那份恬淡惬意，那份逍遥自在，神仙恐怕也难比！

蔬菜成熟要上市了，再也不像从前那样用架子车或三轮车吃力地拉到城里去卖了，而是用三轮摩托或自家的汽车拉去批发。批发市场就在附近，一会儿就到了，菜卖了钱，钱袋鼓鼓地装在身上，开着摩托或汽车一溜烟就到了家。

我庆幸自己生活在这片充满希望的土地上，我的灵魂已进入乡村生活的骨髓里了。在浓浓乡情的滋养下，我的写作水平也不断提高，我明白自己很需要父老乡亲的鼓励和支持，也已经离不开这乡土大地和壮美的田园景色了。现在，我除了种田，还唱戏、写诗，生活很充实，感觉很幸福。

以前我为没有跳出农门而痛苦，现在我却为自己是农民而感到高兴和自豪。

现代的农村、农民、农田、农事，哪一样不透着新？哪一样不透着美？其间的新鲜事、感人事、有趣事、好人好事说上几天都说不完！正因为如此，好多城里人把家迁到咱农村，正在农村大显身手呢！

婉儿，看到这里，你还能说农村贫穷落后吗？你还认为农村人不重视知识、不尊重人才吗？我想，了解新农民的新生活后，你也会喜欢上这厚重亲切的乡土大地。

只要你上进，肯动脑筋，实干加巧干，就一定能在希望的田野上干出成绩的，你说对吗？

三姑

2009年7月26日

第三辑

生活杂碎

孩子教育，说不完的话题

家庭教育对孩子的发展成长和影响不容忽视，其间，父母起着至关重要的作用。父母教育孩子，第一，得讲究方式，太严格和太溺爱不可取，苛责与放任自流同样不利于孩子成长。

当今，在中国，宠爱孩子的父母居多，这样无形中弱化了孩子观察问题和解决问题的能力，忽视了孩子自己的选择。但也有部分家长性格暴躁，家教极严，动辄体罚、唠叨和指责并用，甚至动用家法实行家暴，这样的结果往往事与愿违，适得其反。

我的一个闺蜜自小家教甚严，经常遭父母体罚。渐渐长大的哥哥和姐姐也学着父母的样子，对她非打即骂，无意中一次次伤害了她的自尊心。

这种环境下长大的她自卑、胆小，她说她如今心里虽爱父母和哥哥、姐姐，但一提到回娘家就心烦，不愿意多接近。她说自己见到父母打孩子心都要揪在一起。孩子犯错很正常，不要用粗暴的方式来对待孩子，批评孩子时切记不可冲动，不要指责、施压、威胁、惩罚，更不要夸大口或者无遮拦地没完没了，不要让孩子留下心理创伤，不要增加孩子的抵触心理。好孩子是夸出来的，不妨常常夸奖孩子。最好用友善、协商的态度和孩子交流和沟通。

第二，得有良好的家庭环境。父母之间相互不尊重，动不动吵嘴打架，久而久之，对孩子的性格和心理都有负面影响。

第三，榜样作用不用忽视。家长是孩子第一任老师。大人的所作所为，或多或少都会影响孩子，并潜移默化地渗进孩子的骨髓里。

我们这里有个小学三年级的小女孩，学习不怎么用心，作业也不按时完成，但情书却写得非常好，还会偷偷地跟男同学示爱、写情书。了解后才发现，原来她那同母异父的姐姐正在谈恋爱，她和姐姐同住一室，偷偷看过姐姐丢弃的情书。见得多了，就先把谈恋爱学会了，其实幼小的孩子并不懂情和爱，只是看大人这样，就模仿而已。

第四，家庭作业不宜太多。实践证明，小时候硬背的东西还是能派上用场的。小孩记性好，有时候记下的东西都一辈子忘不了。然而，课外作业多还是弊大于利。

为了完成作业，孩子们失去了很多闲暇时间，几乎把一切兴趣爱好都消磨在作业里。有位学生说：“旧社会苦的是长工，新社会苦的是学生。”

总之， 家庭教育，因孩子而异，无论是表扬还是批评孩子，都要适度！

爱上广播

缘分是一种奇妙的东西，偶然的邂逅往往注定一辈子的相伴相依。我和广播有缘的！

我生长在农村，从小就是个广播迷，物资匮乏的年代，听广播是我获得课外知识的重要途径。

婚后不久，我在家里开了个杂货店。人活着不易，暗礁险滩防不胜防，有段时间，我事事不顺，为调节心情，就选购了一台较大的多功能收音机。

无数个阳光明媚的早上，无数个晚霞辉映的傍晚，广播伴我一路走到今天。听各种各样的节目，感觉生活其乐无穷！那绝对是一个让你听一次就还想再听的节目，有世间最真诚、最朴实的情感语言，有我们一辈子也欣赏不完的好戏，还有主持人用话语给你取暖，给你安慰同情，抚慰你的心灵，在大俗与大雅之间展现文化的张力，你绝对会感觉到非常舒心，仿佛有一股清新的微风徐徐吹来，吹拂你的心田，清醒你的头脑。情绪低落时还可以在名家名段中解闷，精神不振时能够在广播声中舒展筋骨抖擞精神，不知不觉中，一天的疲劳顿时烟消云散。

清晨起来，我首先打开广播，似乎受了感染，我的心跟着就沸腾了，不经意间感到一种莫名的兴奋，慵懒的情绪一扫而光。然后开店门，用耳朵来感受快乐，也偶尔用手机发短信，尽情诠释最惬意最舒心的快乐生活。

细数和生命相伴的广播声，也许，缘分就是如此奇特，瞬间即是永远。

今后，它将伴随我走过一个又一个生命的春夏秋冬，这割不断的广播情结，令我终生难忘！从内心深处，我将永远珍惜这份难舍的情分、情怀！

从寄人篱下到诗意地栖居

小时候，我最怕下雨。那时，我家住的是土坯房，地势低，还漏雨。每逢下雨天，雨水就往屋里涌，母亲就变了脸色，然后挽起裤腿，领着我们几个稍大的孩子向外一下一下地扫水。

雨停了，母亲总要说："还好，这回没冲垮，咱的屋还在！"到现在，我似乎还能感觉到站在雨水里那种透心的冰凉。

1987年，我嫁到了咸阳南郊的一个小村子。

丈夫弟兄们多，婆家住房紧张，分家另起炉灶的三个兄长把三间瓦房挤得满满的，农具无处摆放，塑料纸、化肥堆得乱七八糟。婚后不久，婆婆就让我和丈夫搬到一家有空房的人家居住。

这家人都在城里做生意，家里的房子大部分租给做家具的南方人居住，噪音大不说，最让我受不了的是油漆涂料发出来的难闻气味，加之我有孕在身，偏偏闻不惯，住在那里简直是活受罪！

我央求婆婆让我回家去住。走到家门口，婆婆面有难色，小声说："我不进去了，你两个嫂子又在为晾衣服吵架。"我这才听见屋里传出的吵架声。

进屋劝说嫂子，完毕我也红了眼圈。嫂子们确实有难处，孩子的湿衣服无处晾晒，谁不着急呀？看来这个家真的没处容纳我们！无奈，我只好又蜗居在别人的屋檐下。那时，我做梦都想有一间属于自己的小屋！

不久，村里给我们划拨了一院庄基，但那时吃上顿无下顿，哪还有钱盖房呀。

终于有一天政府发放无息贷款，帮助我们建日光大棚、温室，同时实行科技下乡、知识进村。更可喜的是西北最大的蔬菜批发市场建在了我家附近，种菜再也不愁销不出去了！几年下来，我们不仅还清了贷款，而且还有存款。

如今，我们一家四口人住房面积达三百七十平方米。有资金和空间时我会赶紧利用，在家里开了个小卖部。去年我又把一部分空房租给别人，家庭收入增加了，广阔的生活空间见证充满诗意的一切。农闲时，我在自己的博客上书写心情，在自家的阳台上看清风明月、行云流水。我去跳舞、健身、图书馆、美容院，我乐观向上，生活也闲适悠然。

我感觉，我的生活变成了一首诗！

家乡的土地生长出了亘古未有的人间奇迹，生长出丰收的希望，也生长出了林立的楼群。娘家的土坯房自然也被高楼替代，和谐社会的祥和与美好滋润着每个人的心田。

我觉得，我遇到了人生的“黄金岁月”。

我知道，我的命运与时代的发展紧紧交叠、相互印证。

我坚信，随着改革开放的不断深入，我们的明天将更加辉煌！

我爱花儿

父母给我们姐妹取名都是花名，这芳那芳的。我出生前一晚上，母亲做梦梦见荷花，所以我的名字就与荷花有关。后来我自己又改了几回，都与花儿沾边。那时候最随心所欲的一件事就是名字可以随意改，一个班里几乎每个同学都换过名字。

我自小爱花，总是对那些漂亮的花情有独钟。生在农家，认识最早的莫过于田间地头盛开的野菊花和狗尾巴花、麦瓶花、打碗花了。后来渐渐长大，见到那些月季、牡丹等鲜艳的花朵，惊喜之情溢于言表："啊，太好看了！怎么会有这么好看的花呢！"

在我看来农家比城市好，因为"地方大"，只我家的院子就顶城里单元房两三个大。我一次次在心里为庄稼院的"大"和"自由"叫好。我曾期望在我家大大的院子里栽花种草，然后看着它们长出鲜花朵朵，红的黄的姹紫嫣红，甚至梦里都是一院子迎风开放的花。我曾多次收集花籽并兴高采烈地拿回家。有鲜花的家才是家，有鲜花的日子才叫日子。我脑子里描绘的婚姻乐园，就是用花来装饰的，一方庭院，花红柳绿，能闻花香，能听鸟叫……

就连屋里那个破旧的花盆也被我废物利用。从地里回家，我手里总会有一大把姹紫嫣红的野花，我把它们插在花盆里，放在窗台上，紫的、红的、黄的煞是好看，屋里还有一股好闻的花香，一切都变得香香的，心情立马舒畅多了。

我甚至无数次想过，如果能够的话，我愿意把所有的花都移到盆里来，移到我的屋子里！我爱花，太爱了。早上起来，我会先去看一眼我的花儿，在心里对它们说早上好，花儿好像能听懂我的语言，摇摇身子点点头，仿佛在说谢谢你，一定记着把自己照顾好；吃饭时，我端着饭碗站在它们面前，真想挑一筷子面条喂给花儿，我想它们有生命，也会饿的；临睡前，看哪朵花蔫蔫的，夜里就想花是不是病了，是不是我没照顾好它，一晚上都在为它担心。

我以为花儿是我的朋友，是我的亲戚，在没有人关爱的日子里，我总是去聆听花语，想象一份柔情和关心。

我和爱人去散步

自从经历了一些事情后，我和爱人老理都破罐子破摔。他整天沉迷麻将，我则故意作践自己。每天半夜起来坐在冰柜前吃一通冷饮，吃得肚子疼才罢休；白天就一瓶又一瓶地喝着冰啤，总想把自己喝得啥也不知道了。可清醒了，身体还是受不了，于是，常给医院做贡献。

晚上，一阵阵麻将声吵得我耳朵发麻，胃愈发的疼。难受时想到了朋友红，便拿起电话，有一句没一句地和她闲聊。胃火烧火燎的。红说："赶紧去医院看看。"

挂了电话。发现儿女都回家了，正欢喜地坐在一起听歌。想说自己病了几天没吃东西了，可无论怎么也说不出口。"喜"自然好说，"忧"我一向瞒着他们。儿女永远不是我倾诉的对象。

麻将已经散了场，老理和一群人在闲聊。我拍拍柜台，他从人堆里出来，我让他和我去村子里一趟。诊所在村子里，老理自然明白我叫他陪我去看病。

我在屋里等他进来一块儿从后门出去。前门人太多，我不想让人看见我生病的样子，再说他那些牌友见我俩这时候一块儿出去肯定会笑一番的。这时候我可没有那个心情。

我在后院等了很久，但都不见老理，以为他不想去，心里有些生气，就头晕目眩，更觉得要看医生了。

出了后门，拐了个弯，前面有狗在叫，声音很大。听到狗叫，我不敢走了，看着狗心想："你紧张呢？今天我怕你是有原因的……"正这样想着，路的另一边传来一阵脚步声，一听这脚步声我就知道是老理来了。我一下子不害怕了，从容地走过那段路。平时没觉察，如今忽然发现，有他在身边，我什么也不怕。

这时已经是晚上九点多了，周围很安静，和老理走在一起，有一种特别的滋味在心头。我们已经很久没有这样走过了。自从开店之后，总是需要留一个人看店，所以我俩坐在一起说话的时间都很少有。

夜色渐浓，依稀可见的几颗星星点缀在夜空，风柔柔地拂过我的脸颊，感觉是那么惬意。老理好像比平日温和了许多，他说："你从后门走也不说一声，害得我找你找了半天。"听他这么说，我觉得一种温暖的东西浸入我的身体，一点一点融入心房，又慢慢扩散至全身。

哦，是我错怪人家了！看来生气都是自找的，病了活该！我站住脚说："老理，我不看病了，死了算了，你找个比我好的！"

"胡说啥呢？"老理拉住我的手说，"赶紧走！忘了那年？就那年，刚结婚，你说不要紧，结果……想起来了吗？"想起来了，那会儿我刚从学校毕业，老担心药物对脑子不好，怕把自己吃笨了，就拒绝看病。后来重感冒诱发肺炎，老理整日在医院服侍我，给我擦脸、喂水和喂饭。他姐回去对人说："我兄弟对媳妇咋那么好呢！"

这样一想，我就心软了，我说："老理，你永远这样好，我就永远不想死了。我以后再也不嫌你顿顿剩饭了，'吃饭留一口，活到九十九'，你剩的饭活四五个九十九都没问题。有人说那话不是那样解释，咱不管，只要你能长寿，能永远对我好，我迁就你。你回去睡觉吧，我一个人去。要不你照样打你的牌去？你高兴就行。"

老理笑了："我就知道你心软。"他手指着前面说，"快到了！"但是，我们到了才发现，诊所已经关门了。

老理看着我问："咋办？"

我说："不看了，不疼了，咱回。"其实我还疼，就是没那么疼了而已。我忍着，转身先往回走。走着走着，忽然心血来潮，我想让老理陪着多走一会儿，就说："店有娃替咱看着……我想去阳光路转转。"老理没有犹豫，大步朝田间小路上走去。

我走得辛苦，埋怨他："放着阳光大路不走，咋走这儿来了？"

老理说："从这儿出去就是阳光路了，顺着走刚好到家。"

我恍然大悟道："我咋就不知道这条路是通往阳光路的呢！"也难怪，我这人一向方向感差，经常找不着北。看来，我离不开老理，有他在，我才不会迷路。

终于忍受不了田埂的崎岖不平，我难受得蹲在路边，胃里翻江倒海般。老理将我扶起，说："我听你和红打电话时声音那么大，是不是被她气的？"

"哪会？你气我还差不多——嗨，老理，你也知道生气对身体不好？那以后别气人了，不要躺床上抽烟，上次你睡着了，烟头点着了被子，你差点葬身火海，我说你你就骂我，我能不生气吗？”老理点头，站住脚，看着我。

这一刻，我们这对二十多年的老夫妻第一次有了恋爱的感觉。我们相识二十七天就结了婚，这会儿，在这寂静的夏日夜晚开始恋爱了！我说，老理，咱俩携手一起变老。我说，老理，我也会写情诗了。

我被老理拉着手走上了宽阔的阳光大道，有一种默契和温暖从我们彼此的心底升起，脚步声也成了优美的乐章！这儿没有路灯，车辆很少，空气很湿润，很清新。来自田野的风很温柔，像在我脸上亲吻，好舒服。

老理的拖鞋“啪啪”地响，我瞅了一眼他：“老了！”

他看看我：“你也一样，没原来漂亮了！你那会还是个女娃娃。”

我说：“我替你说，现在是个臭婆娘，你呢，那个雄赳赳气昂昂的你呢？”我在他弯曲的背部砸了一拳，“昂首挺胸！你看我，就是三座大山压在上面，我都不驼背。”

老理说：“我驼着背都比你个子高，我就爱这样弯腰驼背地走路，咋？嫌了？人家谁记得你年轻时的样子，只有我。夫妻还是原配的好，咱俩不离婚，好好过咱的日子。”

我说：“就是的，只有我知道你屋里的一切来之不易，只有我会珍惜它们，我知道你受过苦……可咱俩这几天成啥样子？一个打牌，另一个啥也不干混日子，坏毛病得改了！”

“得改！”老理说，“还是原配好！”

是的，经历了生活的琐碎，我知道，作为一个女人，第一次给了她婚姻、走进她身体的男人，绝对是她终生难忘的人。以后不管她恋爱多少次，怎样的爱，如何投入，都不会如第一次那般刻骨铭心了！

老理陪我走着，朝我们共同的家走去。我竟发现，胃一点都不疼了！

红不放心，打电话过来，我说：“没看病，他陪我走了一圈，好了。”

红说：“以后让他多陪你走走！”

女人，你能大度一些吗

昨日去城里办事，在政府大院门口，被女友丽的样子吓了一跳，只见她正向萍哭诉着什么，声音尖利，情绪激昂："我就是怕他把钱给他妈！他现在对我的态度，我没法忍受……"丽手舞足蹈，头也随着不停地摇动，她旁若无人地发泄着怒气和怨气，刺耳的哭喊吸引了很多目光。

萍和我一样，都是丽的好友，我们三人在一起时几乎无话不谈，只是萍和丽在一起的时间多一些。丽喋喋不休地说了一个多小时，但仍然没有停下来的意思。

萍说："丽，你冷静点，你爱人其实没有不爱你，有些事你想错了，这点矛盾很正常。"

"我错了？好，你们都不理解我，你们走！我就知道我这种人该死！我……"

丽和丈夫青梅竹马，自由恋爱，曾是我们的爱情偶像，婚后的她却像个怨妇，整日唠唠叨叨，一点小事也会让她大动干戈。我看不下去了，就说："丽，我和萍很了解你的家事，说实话，问题出在你身上。你想想，一个女人如果心眼太小，动不动就情绪失控，公众场合也不收敛，能有多少修养？能有多么好呢？你这种性格，我和你都没法相处，我都受不了你，何况你爱人！你哪里有女人的温柔？男人会被你吓跑的！”听到我这么说，丽怒目圆睁，刚要发作，萍拉我迅速走开。

萍说：“不就是丈夫没有把这个月的工资交够吗，就像疯了一样，听说她在家闹了一天。要是我的媳妇，我早离婚了，她这毛病不改，最终吃亏的还是自己，即使离婚也仍旧是一个怨妇。”

“我也是，哪怕一个人过，也不想要这样的媳妇！我相信没有男人会从她那里得到幸福的。”

的确，现实生活中，有不少女人与丽相比有过之而无不及，她们喜欢斤斤计较，喜欢喋喋不休地唠叨，整日牢骚满腹，埋怨丈夫这不好那不好，有时还在大庭广众之下对丈夫又抓又咬。丈夫打你，说不过去，你是他媳妇，你们要过日子；不打你，你越发无理取闹，不闹个天翻地覆不罢休！虽说女人是情绪动物，耍点脾气可以原谅，但总是这般，谁能受得了？

今生遇到一个能让你对他大喊大叫的男人，已经就够幸运了，千万不要滥用这点“权力”，一味地没完没了。女人要懂得珍惜，学会宽容！

我家住过一位房客，每天早上一睁眼就开始对丈夫“训话”，嘴像机关枪，“哒哒哒哒”地朝外喷着火药，语言尖刻，没完没了，时间长达一到两小时。后来丈夫受不了，和她离了婚。她又以同样的方式训儿子，没过多久儿子也离家出走了。其他房客不止一次对我说：

“让那女的小声点，我们现在一听到她的声音头都快炸了！”

我说：“不用了，她一个人了……”

那女人向我解释她骂丈夫和儿子的原因，我说：“你也有错，好女人不会总是喷火药！”

生活中，不会什么都尽如人意，总有这样那样不顺心的事，男人往往夹在中间左右为难，女人要理解男人，大度一些，宽容一些，温柔一些，能过去的事尽量过去，不要总是扯住不放。男人高兴了，你也舒心了，不是吗？日子不就更幸福了吗？

所以，女人，请大度些！

神奇安康行

我接到薛老师电话，让我到安康参加由陕西省残联、安康残联主办的第四届残疾人作家走近安康采风活动。

这天，太阳悄悄地越升越高，感觉暖和的时候，我已经到了安康高客站。拦住一女士问路，刚开口，竟发现那人面熟，正疑惑间，对方已叫出了我的名字。天，竟是秀琪！

“怎么会在这里见到你？”不约而同，竟异口同声。拥抱，感叹，然后就说安康的变化，说我们心里独特而美妙的感受。

1995年，离异的秀琪带着五岁的儿子来安康打工，我也跟着来了。平时秀琪上班，我就带着明明在出租屋附近玩耍，期间深刻感受到安康人的善良友好。见我累了，大叔大婶们还把明明带回家去替我照管，自闭症的明明不会自理，安康人给他擦屎接尿，一点儿也没有嘲笑和歧视的意思。

那一天，我去邮局办事。和平时在咸阳一样，见到城里人总有些胆怯。怯怯地向前走，里面的工作人员跟我微笑着。“是给我们送饭来了吗？”有人看着我手里的饭盒问。一句玩笑话，瞬间打消了我的顾虑。

我打开用来装钱的铝制饭盒时，已经不紧张了。“原来是钱盒子啊，还以为是给我们送饭来了呢！”他们边忙着贴邮票边和我说笑，让人生地不熟的我一下子觉得安康人的亲和。我把这些说给秀琪听时，单身的秀琪告诉我，她要找个安康人把自己嫁了。

秀琪后来果然嫁到了安康。开始我还和她通电话，渐渐地就失去联系了，没想到今天还能相遇。

“真是巧了！”秀琪说。

“刚才我上车时那个女娃也说巧了，今天咋尽是巧事！”我说。

早上从西安城南客运站出发，我第一个上了车，上车后就随便坐在靠窗的位置上。人越来越多了，有人大喊他是几号几号，问谁坐错了。原来还有号？我把票递给一位正在对号的女孩，女孩说：“你坐对了，这正是你的号。”

“啊，我可是随便坐的呢。”

女孩说：“巧了，真是。”

我和秀琪一起吃过饭，分手后便直奔目的地，很快便与省残疾人作家协会主席薛云平老师见了面。

当天下午，我和十几位作家乘坐大巴前往安康市博物馆，之后又绕行安康城区，夜游汉江岸。安康是文学的富矿，秦巴明珠是陕西的后花园，美景像一幅山水画，让我们又惊又喜。随后几天又游览了有千湖岛之誉的瀛湖，乘船游览了湖中三大岛屿……

几年前，因为一次意外，我的左眼受伤住进医院。那时我觉得到了世界末日，用手抓着蒙在眼睛上的纱布寻死觅活，而眼前这些残疾朋友，却那么乐观，那么积极向上，哪怕身体不便，却始终在努力前行。他们的家属，竟然不知哪儿来的劲头，一下子就能背起比自己还重的爱人。他们当中，有的人甚至没有念过多少书，学历也不高，简直无法想象他们是怎么克服身体不便，写出那么优秀的文学作品的……

他们无疑是人群中最坚强的一类。我想，最打动我的，就是这些残疾人的坚韧及安康残联工作人员那种不怕劳苦、助人为乐的大爱精神。他们一次次背起行动不便的作家，或抬着轮椅，或扶或背，一趟趟，一回回……

下午，从酒店坐车到高客站，素不相识的安康人主动给况丰林让座，帮他拿轮椅拎背包，甚至连公交司机也绕路将他送至方便的地方。

安康让我最难忘的还有可口的美食，特别是这里的水，很好喝。

这里处处能感受到一股神奇，感受到人身上的神性。安康不仅山美水美，人也更美，让我们大饱口福，也大饱眼福，还收获了丰厚的精神食粮。

我想，有机会我还会去安康品尝美食，观赏美景。

祝愿安康山更绿，天更蓝，水更清，人民更安康！

武当山之行

小时候，每当天空有飞机飞过，轰鸣声灌进耳朵时，我都会飞跑出门，仰起头朝天上看。那时候飞机在我心里是神奇物，我总是呆站好久，看它一点一点飞远，直到消失。

随着生活水平的提高，近年来，村里不断有人坐飞机去三亚、武当山等地旅游，从他们嘴里听说了坐飞机的趣事，听说了武当山的美丽神奇，就渴望有一天也能乘飞机去武当山。

老天垂青，想什么就有什么。

2011年5月，我接到“黄鹤楼周刊创刊5周年座谈会”的邀请函，高兴得像个小孩一样在爱人跟前哭了起来。爱人拿出黄鹤楼烟，一根根发给店里的顾客。村里人知道了，也喜形于色，奔走相告。“小兰要坐飞机去武汉了！”“能逛武当山了！是‘黄鹤楼周刊’让她去的！黄鹤楼周刊，不就是咱在她店里看到的那报纸吗？”

5月26日，我和特约记者魏锋老师一起登上了咸阳到武汉的飞机。

到了武汉天河机场，刚出站口，就有工作人员举着写有“黄鹤楼周刊”字样的牌子来接我们。武汉午后的阳光照在脸上有热辣辣的感觉，接待人员手中的牌子在阳光下似乎也有点招架不住了，可他们的脸上仍然是温和的笑意，就连话语也是暖暖的，手握上去热热的，我们的心里泛起一层层的感动。

《黄鹤楼周刊》是第一份面向全国零售终端的报纸，我是应编辑之邀来武汉的。这几年，我之所以在偏僻的村落把自己的店开下去，“击败”了好多竞争对手，三年时间里让村里七个店成了我的“手下败将”，主要就是得益于手边有这么一份报纸。

我们在紫金酒店用过餐后，随即安排休息房间，我被安排在景色悠然的随园会馆休息，和来自西藏拉萨的零售户卓拉同居一室。

28日，武当山之旅开始了。一路上，导游张小姐的介绍更让我们对武汉和武当山有了进一步的了解。同是“黄鹤楼”的受益者，相逢何必曾相识。我们这些来自五湖四海的朋友分坐在两辆开往景点的汽车上，欢声笑语不绝于耳。

一眨眼的工夫山风扑面而来，沉云入怀，武当山就出现在我们的视野。老师们和导游说了一些注意事项，并把我们住在随园会馆的26人和住在紫金酒店的28人，分别称为“随园26团”和“紫金28团”。

在武当山宾馆用餐，休息后，我们就开始做上山的准备，三五成群缓缓地行进，一边拍照。

看着远处高耸入云无边无际的山峰，我突然极度紧张，有了一种莫名的恐惧感：这么高的山，这么陡峭的石阶，我怎么能上去？一时间两腿发软，面对峰奇谷险和高峻的山势望而却步了。

小时候，我是有名的孩子王。一天，我带领我的“队伍”在彩玲家玩耍，吃完她家的“酸黄菜”，临了还把菜缸用砖块砸碎。玩累了回家，见我家大门紧锁，干脆就又去彩玲家，顺着小竹梯爬上她家的阁楼，阁楼是用几块木条搭就的，风一吹好像都要晃几晃。

彩玲的父母从地里回来，看到碎了的菜缸和满地狼藉，就开始发脾气。我一听怕了，躲在楼上不敢下去。等发现楼下没有声音了，“危险”已经远离，正在我准备下去时，才发现竹梯没有了，估计被彩玲的母亲抽到门外架玉米去了。我不能下去，也不敢喊，就那样又惊又怕地在阁楼上待了一个晚上……

从此以后我就很怕登高了，平日和朋友出去旅游，想到高处险峻就很畏惧，没有勇气上山，所以没有到过山顶，甚至连半山腰也没到过，大多数都是在山下看行李。

我这次也对老师说我不去，留宾馆等大家回来。老师说，来一次不易，领导已经想到这一点了，安排索道车方便大家上山。让我先去，看情况再说。一旁有人听到了，就说：“别怕，有我们帮你，怕什么，抬都要把你抬上去的……”“你脚踩实，胆放大，没什么可怕的，不上山顶怎么欣赏风景？”

在大家的鼓励和帮助下，我的勇气大增，做了一番心理调整，心中的紧张和恐惧渐渐消散了，脚下也有了力气。

我们最先到达的是金殿，然后游览了太子坡，紫霄宫、逼真宫、凌霄宫……

下午我们坐车回宾馆休息，第二天继续游武当山。

有人把武当山的建筑群比作山顶上的故宫和悬崖上的宫殿。有人说没到金顶就等于没到武当山。

层云向山峰顶上压来，风吹在脸上潮湿微冷，竟然下起了小雨。

两边有人兜售雨伞和雨衣。周刊的老师过来问我是否感到冷。这时真的冷了起来，空气潮乎乎的。

卓拉说她包里有多余的衣服可以借我。我看见身边的朋友买了红的雨衣和黄的雨裤，穿在身上煞是好看，我也去买来穿。大家互相看着，都笑着说这是有生以来最特别的服装。

上了索道，坐在吊箱里，随便往下一瞅，只见万丈悬崖非常陡峭，我不禁又害怕了，畏惧感一波波袭来。我闭着眼，咬着牙，虚汗直冒。又是老师们的苦口婆心让我消除了恐惧。

“我要战胜自己！”跟自己这么说后，我的胆子就大了起来，慢慢适应了，看壁立千仞，远山远树；看群山相拥，气势磅礴，才知道什么叫一览众山小。我们出了吊箱，雨也停了。大家笑着扯掉身上的雨衣。天地湿漉漉的，建筑物、树叶、花草、露天雕塑上的灰尘也被冲洗得干干净净，我们心里的浮尘也被冲刷得一干二净了。一瞬间，所有的人似乎都是朋友，大家互相关照着。上山下山，总有陌生的人扶你一把。“不要怕，大胆地走，脚下踩稳、踩实！”这样的声音不时响在耳边。

稍微不舒服，吴眉老师总会第一个发现，关切的问候也就跟着过来了。在这里，人与人之间的关系拉近了，不管曾经相识的还是未曾谋面的，好像都是老朋友。

我在景点没买到晕车药，失望地转身，就有一位游客把一瓶晕车药给了我。

我真的不怕了，跨上一个个阶梯，登上了金顶！看到了亭台楼阁，峰回路转；欣赏了峰峦叠嶂，千转蛇行；体会了“举手可得月，前行若无山”的奇妙绝伦；品味了人生的最高境界；畅享了无限风光在险峰的豪情！虽然腿有些疼，但那种快乐是无法言说的！

坐在武汉到咸阳的MF8217航班上，我还在回味登山的经历，没想到自己四十多岁了，竟然头一回成功地登了山。过去，每次到了山下，就被自己的畏惧心理束缚，认为那么高的山自己无论如何都上不去。细想一下，倒不是真的没有登山的能力，完全是因为心理因素在作祟。

有时候并不是你不行，而是缺少走向成功的勇气。不要在行动之前给自己下结论，只要努力，别人能做到的你也一定能做到！

我们来世上本身就是在进行一趟单程旅行，遇到难事绕道而去，不敢去尝试就注定成不了大事！

难忘的黄鹤楼之旅，难忘的武当山之行，竟让我明白了这么多道理。

泰国七天游

2016年4月20日，早晨五点起床收拾，叫醒儿子和女儿，我们要去泰国旅游了！

收拾好后，早上六点半，儿子和女儿轮流开车，我们提前到了底张西安咸阳国际机场。

在机场集合，见到了我们的美女导游，一位年轻貌美的女士，西安人，三十多岁倒像十八岁的妙龄少女，披着头发，身材苗条，口齿伶俐。拿着一根杆子上边有两根紫色布条的小旗，这是队旗了。她身边围了很多人，说什么我没听见，也没注意听，因为机场很嘈杂。

这次旅行是女儿史瑶一手安排的。

她是新华保险公司最年轻的高级经理和总监。此前，她经营一个化妆品店，又学了美容和化妆技术，美容行业做得风生水起。我们那里刚征了地，村里的女人们开始注重美容，女儿就成了她们的美容顾问，村里人的订单就够她忙活的了。她每天下班回来，都要挨家挨户给订户送货，村里人相信她，说买她的化妆品放心。听她说要改行做保险，我一万个不同意，但女儿执意要干。谁知不到三年，她取得了骄人的成绩，感谢公司帮扶与支持，让她能在温馨中进步。

我坐在靠窗的位置上，从飞机上看咸阳的土地和街道，大片良田在我们的眼里很明显，那些荒芜的地让机上的人唏嘘不已，“务了城里的工，荒了农村的地”。随着飞机的影子在乡间公路上奔跑跳动着，我逐渐啥也看不见了，于是仰头看淡淡的薄雾，看天，看云。

四个小时后，飞机慢慢降落，抵达泰国曼谷机场。泰国是个旅游国家，每年都有七百万境外游客到此观光旅游，眼下可以看到来自不同国家、各色皮肤的人，有美女，也有高大帅气的帅哥，但感觉还是中国人居多。

出站后，我从厕所出来到约定地点集合，大家才发现陈颖的父亲不见了；才发现这里不比在国内，无法打个电话就能找到人；才发现必须互相跟着，有时要牵着手，要不一会儿就走失了。语言不通，电话不通，在这一个人来人往的地方找一个人如同大海捞针。我们一司来的七个人分头寻找，好不容易终于找到陈颖的父亲，原来老人见到一位同机的，知道是同一个团，就跟着一起在签证处等我们。

泰国的四月已经是夏天了，三四十度，非常热。

等了很久才坐上了泰国的旅游大巴。这边的导游是位博学多才的男士，口才很好，说话很有水平，自我介绍叫避嫌，他笑着补充：“我这个名字中文发音就是避嫌了，哈哈。”他姓林。我们从他这里了解到好多知识。

车停在一个很拥挤的地方，下车时有人过来搀扶，泰国美女献花环（百合花做的，有塑料的也有鲜花）戴在我们脖子上，双手合一放在胸前，说了好多祝福的话，还要与我们照相。后来才知道，这张像洗出加框会以100泰铢，也就是人民币20元卖给我们，但要不要自愿，不会强迫。泰国每到一处几乎都有这样的事，有人给照相，然后出售照片，都是自愿购买。

来在机场餐厅开始用餐，里面座无虚席，来泰国旅游的人非常多，加上一路辛苦，里面也没看见空调和风扇，就觉得热极了。

吃的自助火锅，但不太适合我们的胃口，因为不像国内，不是自己想吃的，里面没有麻辣火锅料，只是一些酱料而已。有点饿了，还是吃了一些。泰国很多人都在从事和旅游有关的工作，听说是90%。

吃过饭就坐大巴，说要去看人妖。路上，导游开始介绍泰国的风土人情和一些注意事项。大家忘了旅途的劳顿，显得特别兴奋。导游告诉我们泰国时间比北京时间晚一个小时，他们是小费国家，干什么都要有小费的，住宾馆每天起来一个房间放二十铢，照相二十铢，每天也要给拉我们旅游的司机二十铢，折合人民币四块。

导游还给我们介绍水晶晶、水汪汪、水咚咚、水干干，就是形容不同年龄的女士，说水晶晶是指十八岁左右的妙龄女子，是美女的代名词；水咚咚指四十岁多的女性，水干干指六十岁以上的妇女。这让我觉得很有趣，随口就喊身边的美女为水晶晶、水汪汪，她们也不示弱，喊我是水咚咚，我更正喊水干干，大家都笑了。泰国导游夸我们记性好学得快，说在泰国正是这么称呼女人的。“那个水晶晶，你过来。”他朝马路上一个泰国女孩招手，女孩答应着跑过来，我才深信水晶晶是美女的意思。

泰国人生活得比我们惬意，一般是早上九点上班，下午三点下班。上学免费，学前班到大学的费用全是国家掏钱，校服也免费，也有例外，全国就五个大学收费。房产永久，房产是一辈子的产权，谁也不能不经同意就拆迁房屋。泰国没有城管，没有人像中国城管那样对小商贩吆喝；看病免费，不管什么病，出生只交三十三泰铢，也就是人民币几十块钱，从此一辈子看病再不收费；乘公交免费，除了红色的那种车要付费，其余的线路百姓乘坐一律不收钱。没有太大的生活压力，泰国人看起来悠悠哉哉，干什么都不是那么急躁。导游告诉我们，泰国一个机场就建了四十年，不过他们的绿化和我们中国没法比。高楼很少，曼谷仅有六千万人口，和四川一个省的人口一样多。泰国只要有持枪证就可以带枪，许多做生意的以及司机都有枪。

第二天最有趣的就是看大象，大象似乎也通人情，当有小孩走近它时，会用鼻子把糖果递过去。大象踢足球一踢一个准，惹得场上笑声阵阵。再就是人妖，人妖远看美艳至极，在芭提雅东方公主号上，之后才知道泰国很多地方都有人妖，游客可以和人妖共舞，照相。

在泰国，入到佛堂、教堂、寺院或私人住宅时，游客大都自觉脱鞋。入佛堂注意不准露胳膊露腿，不可脚踏门槛。我注意看了，发现非这种场合也有脱鞋的现象，常常见到闭着的门外放一大堆鞋，里面大多是按摩室或者诊所。常常见到光脚的人。在泰国七天里，常常不由自主地脱了鞋走在大街上。

4月21日，行程安排是上午去皇宫，下午坐轮船。下午坐邮轮时，导游说那叫湄南河，也叫母亲河。工作人员船头船尾专门搀扶上下船的人。

22日，这天是临时导游，一位身高一米五左右的泰国男子，人长得黑瘦，说中文，说话幽默。矮个导游不时惹得我们哈哈大笑。他举着一根长长的杆子，拴着两条紫色小布条。紫色小旗一开始就是我们的队旗，人太多，队旗很重要，从咸阳来的人一看就是聚集地到了。他把短布条的紫色旗帜举得高高的，身子本来就矮小，口里喊着一米八一米八。因为被他故意一比，再一喊，喜剧效果就出来了。逗得游客哈哈大笑。

接下来坐旅游车去参观泰王皇家珠宝店，有上百团队在门口排队，要依次按顺序进去。我虽然没有露胳膊露腿，但裙子显得有些短，导游说一会儿进佛堂必须穿长裙，让我去门口买。我掏出包里的长裤，导游说也不行，于是，我就和同一团队的几个人一起出去买裙子。

到了导游指的皇宫对面，楼前有很多人，都是买长裙的。里边人更多，可以说人山人海，但长裙已经卖完了，工作人员说买围裙也行。指示牌上写着“围裙一件五十泰铢”。工作人员开票给我，指示我拿着票去另一边买。朝左侧一看，叠得方方正正的围裙，一摞一摞的，黄的、蓝的整齐地码在一起。有三四个工作人员，开了票，让我进去挑。长这么大第一次见这么长，这么宽大的围裙，带子也长长的，绑在腰间当裙子穿，挺新奇的，很兴奋。围裙只要十元人民币，不贵，布料也不错。

穿着围裙赶来排队，找不到我们的团队了，这时见避嫌导游在一边等我，接过他给的票便跟了进去，门口还要安检。里面果然豪华，金碧辉煌，导游说不能拍照，一位中国女孩刚掏出手机拍了一下，立即有三四个当地服务人员上来。那位中国女孩立即停下，删掉了刚拍的照片，有个工作人员说要罚款，先举指头比了个二，再比了个四。

我看他又伸出两个指头，也不懂他说的要罚多少。看那位中国女孩有些为难，我上去将她拉开，和那位工作人员解释，说：“你们这里的规矩初来乍到不一定都懂，女孩年纪轻，对这里好奇，以前有拍照的习惯，能否不罚款？”也不知他们有没有听懂，只见脸沉了沉，还是放那女孩走了。

再没有心情看什么珠宝，觉得如同咱们的故宫一样，展示的是皇家佩戴的珠宝，但没法和故宫比。

回酒店的路上堵了一个多小时的车，我们都沉不住气了，而路上的车都安安静静地停在那儿，没有一丝焦躁的样子。泰国人面对堵车表现出的镇静让一车人感叹。咱这儿司机早骂声不断，烦躁得摁喇叭了。

之后的几天就是去太平洋，金沙岛和蜜月岛及珊瑚岛。

导游一路上讲得最多的话就是：“泰国什么都是真的，就是人有假。”

在泰国的几天，我们不仅看到了泰国的特色，也领略了不同的风土人情，欣赏了美丽的自然风光和传统的风俗，不仅坐了船，还下了海，也吃了海鲜。

我们疯狂购物，疯狂游玩，体验了刺激和疯狂。

疯狂的泰国之旅！

感受铜川

从来不曾想到，我会真的去铜川。作为一个农村妇女，一年四季都和土地打交道，地里家里两头忙，能走出自己的村子，对我来说就已经很不错了。

当然，走出乡、走出镇，甚至去更远的地方逛一逛，也并不是没有想过。记得小时候，村里一位大哥在铜川工作，一回来就讲那旦的趣事，看着他被人们簇拥着出了村，我好羡慕。那时走出村就意味着跳出了农门，吃上了公家粮。但那时给我印象最深的却是大哥讲的那些“铜川的故事”，当时我跑出门，望着大哥去的方向看了很久很久。

可我终究没有跳出农门。最大的变化是从娘家走到几里之外的婆家。从此，残酷的现实将我捆在土地上，虽然心比天高，几欲向村外的天空飞去，无奈又一次次被命运之手拽回。我只好蜗居在这里，闲了听听广播，心随电波飞扬。

不经意间，我在广播里听到三秦白花诗社的名字，听到了社长、省作协会员、铜川市民协主席郭建民的名字。于是，我们相识了，而我也成了诗社会员，认识了许多喜欢文学，喜欢诗歌的朋友。因此，我有幸近距离接触铜川人，感受记忆深处那个神奇美丽的地方。

诗社成立一周年的时候，我接到郭老师的电话，让我去铜川参加诗社庆典。我真是太高兴了，终于可以去外面的世界、去自己向往的地方看看了！有生以来第一次要独自“远行”，我像个小孩一样欢喜得见人就说。村里一位在外工作的大叔说：“你真的要去铜川吗？那地方我去过，去了都不想回了！”

一位在政府部门工作的朋友说：“铜川是个好地方，我去过几次，印象挺好的！”

耳听为虚，眼见为实。当我们这些来自不同地方的农民诗歌爱好者踏上铜川的土地时，不约而同发出惊叹：“好宽的路，好美的城市！”紧接着，铜川人的真诚和热情又使我们一个个眼睛湿润。铜川市委、市作协、市文联、市民协的领导亲自接待了我们，拉着我们的手关切地问长问短。

我们这些整日在田间劳作的庄稼人头一次领略煤城风光，头一次在三星级酒店吃住，头一次享受“贵宾待遇”，能不感慨、感激、感动吗？我们捧着自己的奖品，向郭建民老师深深地鞠了一躬，郭老师为农民诗社的成立和发展费尽心血，每一个诗社成员的心里都装满了对他的敬意和感激呢！如此深情，如此虔诚的鞠躬，我们也是平生头一次啊！我们不由得喜欢上这里。因为这里没有挖苦，没有讽刺，这里可以激发我们这些泥腿子农民写作的热情。诗友盛云霞随口道：“景美人美很激动，舒适周到如家庭。铜川领导献爱心，扶枝护花建勋功。”

铜川归来，咸阳的朋友看了我带回来的诗社活动资料后大发感慨：“那地方的领导才叫领导，如此重视知识，重视文化建设的干部难得呀！”

第二次去铜川，是在2016年的5月6日，是去耀洲参加诗社工作座谈会。

本来这会是7日开的，怕时间太紧，我和大家商定后，于前一天便坐上了开往铜川的公交车。车到铜川，由于晕车，我打算徒步前往接待点耀洲区政府。一路上，整齐的绿化带随处可见，街道宽敞整洁，空气清新，五颜六色的标语有规律地站在高处，像花朵一般将市区装扮得格外美丽。不知为何，我老觉得那宣传标语像一个个美少女，是被专门安排在那里欢迎客人的，不由得朝它们多看了几眼。再往前走，景色更好，竟然看不到一点垃圾，从市区环境可以看出铜川人民对美好生活的向往。

走着走着我走不动了，一辆出租车停在我眼前。铜川的“的哥”就是不一样，见我晕车，赶紧拿水让我喝，还做起了我的向导。当得知一处气派的建筑是新城村时，我惊得目瞪口呆，说话都结巴：“这么好……”到了区政府门前，司机和我握手道别，我直纳闷，铜川的出租车收费怎么这么低，起步价才三块！

当我站在耀洲区政府门前时，我的脑海里马上闪出刚才标语上的几个字“迎奥运，树新风，倡导全民健身运动”。只见偌大的广场上全是人，男女老少，东西南北，各有方阵。音乐声起，大家有节奏地跳着舞，人虽多而不乱。看不到组织者，却好像是经过整顿，有组织、有纪律的一支健身队伍，一招一式都那么认真，那么投入。优美的音乐吸引了我，我竟然站在那儿，忘记了时间。

夜幕降临，夜晚的耀洲别有一番风韵，美妙得像一首古典诗词。霓虹点缀，瑰丽幽雅。我尽情地欣赏这迷人的夜景，直到铜川市新区领导何文朝将我接走。何老师说："大家等不到我，已经坐车去了药王山。"

等到大伙从山上回来，我们这些从四面八方赶来的农民诗歌爱好者的手又握在了一起，同样，耀洲人的盛情款待又一次让我们得到了"高规格"的礼遇。

第二天早上，我们在耀州区领导杨五贵老师的带领下参观了耀州区博物馆，讲解员绘声绘色的讲解让我们更多地了解到耀洲的历史，并从手中的画册中得知，耀洲书画人才辈出，不愧为柳公权、范宽的故里，不愧为名副其实的书画之乡！

中午，在铜川市委领导石富善先生的陪同下，我们一行人坐车游览牡丹园和桃曲坡水库。

牡丹园，一听名字就知道是花的世界，它位于铜川新区，建于1998年，占地面积136万平方米，是陕西省境内最大的牡丹繁殖观赏基地。这里的牡丹花品种齐全，颜色各异，千姿百态。可我们去时牡丹刚开过，不巧错过了它的花期，一旁的芍药却正妩媚地绽放，一簇簇娇艳欲滴，在风中摇曳、顾盼，虽然它被称作"花相"，可我怎么看它都像是一个清秀可人的女子，举手投足都能吸引人的眼球，又好似在说："我们也一样漂亮，一点不比牡丹差啊。"你往往不自觉地被它吸引，情不自禁蹲下身去抚摩它光滑的身子，嘴里喃喃自语："啊，好看哟！"你还可能不忍触摸它，只是静静地与它对望着，欣赏着，狠吸一下鼻子，如醉如痴，“啊，好香啊！”

一旁的绿树也自豪地摇摆身体，挑逗我们似的：“看看，我们的芍药不愧是花中一绝吧！”

在另一处，我们还观赏了鲜艳的玫瑰和芍药含苞待放的蓓蕾。我们沉醉其中，贪婪地嗅着一股股浓郁的花香，不忍离去。何文朝老师拿来一把遮阳伞给我，接伞时，我的手竟有些抖，感动的潮水在心里涌动。

下午，我们又到锦阳湖，也就是桃曲坡水库。这是一个原生态的植物园，水库清澈动人，嫩草铺地，绿树葱茏，花儿芬芳，环境幽雅，俨然一幅美丽的风景画。碧绿妆就的绿树姿态万千，花树花枝在风中招展，瞬间花香四溢！

美丽的锦阳湖被它们包围在中间，如同一个温馨的摇篮。我们荡舟在锦阳湖上，湖水碧蓝清澈，新鲜的风调皮地在水面上拍，温柔地拂过我们的脸，四周的绿树鲜花不时向我们点头致意，小舟在湖面上划出一朵朵白色的浪花，我们这些农民朋友大多第一次乘舟，激动得像被大自然宠爱的孩子，笑着、说着，愉快的心情溢于言表。小舟缓缓前行，我们的笑声在湖面荡漾，看着舟边粼粼的水花，我忽然觉得湖水似一张柔软的绸子，微风不时慈爱地抚摸它，软绸呵呵笑着抖动，将欢乐的涟漪荡向四周。天工正在挥刀裁剪，它是要将这一船的风景剪切出来珍藏吗？看来老天也被我们惬意的心境感染了，要不怎么天公作美，大热的天一会儿便凉风习习、酷热全无了呢。

“桂林山水甲天下。”但我们没有去过桂林，这时大家都认为桃曲坡水库的风光是最美的。难怪大作家贾平凹当年要选在这里写小说呢，回去以后，我要告诉我那些喜欢旅游的朋友，让他们到这里来潇洒一番。

景美的地方人亦善，整个旅游过程中，我始终被爱心、柔情包围着，处处受到照顾，不断被一双双有力的手拉着扶着。六十多岁的杨五贵老师见我穿着高跟鞋走路不方便，好几次过来帮助我，那种温暖一直渗进我的心里，永远都不会忘记。

诗友何琼深有感触地说：“每次到铜川，咱都能感受到一种关爱，一种力量，咱农民需要这些啊！”

耀州之行，给我们每个人都留下了难忘的记忆，那些永存于心底的感动让我们时时想起铜川，留恋那方水，那方人。

时　髦

俗话说，最冷不过倒春寒。二月初，刚过完年，似乎今年的冬天比去年更冷，呼呼的西北风和零落的雪花让人感觉又返回严冬一般。四十有余的我却一身单薄的装束，身着时尚的低领毛衫，露出还算雪白的胸脯……似乎忘记了自己的年龄，我行走在被棉衣包裹着的一群人中，也想赶一回时髦，跟一回时尚。

我受西安某文化公司之邀去参加一个会议。

以前每当文友聚会或参加一些文化活动时，我总是不改农妇形象，土里土气的，特别是冬天，总是一身"臃装"示人，被城市的暖气暖得不舒服。

这回和省上的一些人见面，我可不想那城市的暖气再烤红自己的脸，再引发内心的自卑。于是，我像爱美的女士一样，要风度不要温度，想法子让自己和时髦沾边。

出门没走多远，就感觉到冷。明白这身装束不适合这样的季节，但想到一会儿坐车就到公司了，可以享受空调的温暖，于是我咬紧牙关坚持了下来。

下车到西安，我的时髦着装引来朋友们一片“啊啊”的惊呼，“真时髦”“真漂亮”过后，有人问我冷吗，我摇头，心里却想立即进入有空调的房间。

很快我就大失所望了，原来会议改在一幢新建的别墅里举行，那里没有空调，刚装修的大厅潮湿阴冷，白色的大理石台阶和乳白色桌椅也正释放着阵阵寒意，给人冷丝丝的感觉。

我倒吸了一口凉气，觉得浑身都要冻僵了。这时，我再也不想赶时髦了，倘若有一件破棉袄，我都会视它为宝！

领导们发现我快成冰棍了，纷纷让出面前的暖扇让我取暖，我这才坚持到会议结束。

回家当晚，我就感冒发高烧，接着后背剧疼难忍，之后竟卧床不起。多方求医后说是受凉引起的肌肉痉挛。

那种疼让我痛不欲生，连止疼药都奈它不得！痛过后，我才懂得，赶时髦没有什么不对，但一定要结合自己的实际情况，千万不能图一时虚荣，导致不必要的痛苦和麻烦！

第四辑

真情难忘

最后一吻——纪念天堂的父亲

父亲突然就没了，我的天塌了！

老天把最疼爱我的这个人夺走了！以后再也没有爸爸了，从此阴阳相隔天人分离。第一次经历生离死别，似乎支撑我的那根柱子垮塌了，似乎我身上某个器官被割除了，似乎老天举着利刃在强行砍断我们父女数年血肉相系的情、骨肉相连的弦、缘分的链。我在利刃下痛苦地抽搐，捂着伤口呻吟，心疼得无法呼吸。

“黄泉无客店，今夜宿谁家？”爸，叫不应的爸呀，我的爸，让女儿好好地把你哭一场……我放声地哭，没有任何顾及地依着乡俗放声的“哭唻唻”。我的眼睛里流泪太多，后又意外受伤，虽然经过治疗视力恢复，但医生说不能再哭了。送走父亲后，视力又如从前一样模糊不清，同时，大脑也像停止了思维一般，剩下的好像只有深深的悲伤，无任何叙事的本能了！

弗里曼说：“当你很伤心的时候，你的大脑是不会运作的。”

时至今日，我满脑子仍然是父亲的影像，心里头也全是对父亲的思念。文思滞涩，心痛难忍，未及成字，泪已潸然。

尽管手生笔拙，我还是忍着眼睛的疼痛和身体的不适支撑上网想为父亲写点文字，记下我们父女间的那些过往，算是对父亲的一份纪念。

怀念父亲之一

我是父亲的第三个女儿。我的出生给家族带来的不是喜悦。母亲刚夭折了儿子，无疑盼着再生一个男孩来消除伤痛。奶奶此时正在病床上等待孙子的降临，她老人家一生有五个儿子，未有一女，却极不喜欢孙女的到来。奶奶听说生了个我，便一病不起，没几天便撒手人寰，临走时一声长叹："唉，我就知道又是个女娃！"

我的出生好像令家族蒙羞一般。叔伯婶娘们纷纷献计献策："像老八的女子一样，尿盆里淹死去！要不就跟五哥学，挖个坑活埋了……"

父亲却始终一言不发，他是一个心里有主意便必定践行的人，再说，家族里几十个兄弟哪一个人能说服他？

父亲回家时，猛然发现炕上没有我，问明情况，来不及劝慰痛哭的母亲，就一头奔向茫茫的雪野里。最后，终于在雪地里发现一息尚存的我。

我是被亲戚抱出去扔了的。那时，抛弃女婴是很平常的事，就像丢垃圾一样没人会心疼。

我被父亲捡回来，热炕加上母亲甜甜的乳汁和血浓于水的亲情之爱，最终把奄奄一息的我拉回人世间。父母日夜围着我转，费尽心神，我却始终病怏怏的，药罐罐一般，死不下活不旺，仿佛父母稍一松手，我就小腿一蹬一命呜呼了。

“不知是雪地里冻着了，还是惩罚我们，你那时三天两头的闹病，花钱没个多少！”后来父亲这么说。

刚会说话时，我就整天喊着要糖水喝，不知何故极爱吃糖，三餐都要糖水泡馍，离了糖就不得活似的。但那时家里经济拮据，糖又很紧俏，凭票也买不了多少。见我哭闹得厉害，父亲出去给人家打胡基，换了麻糖等食品，一点一点把上面粘的糖粒弄下来给我吃。“你那时也不知身体里缺了啥，光要喝糖水吃糖，把一家人整的，那会儿谁有多少糖给你吃！”大姐说。

有回母亲生病，我却因为没糖吃在一边大声哭，父亲使出浑身招数也哄不了我。后来，大姐跟我说：“咱爸用手掌抽了你的屁股几下，这下不得了了，你就哭个没完没了，捧着个缸子喊着要喝糖水，嗓子都喊哑了，咱爸没办法，出去借了糖才把你哄住。”

母亲说，小时候我吃糖水泡馍，常让父亲抱到猪圈边，先给猪扔一块，猪吃一口我才肯张嘴吃。寒冬腊月，父亲的手都冻麻了，我还在猪圈边让父亲抱着不肯回屋，她一边说，一边笑着打趣我：“你应该生到富人家才对，谁要你不长眼投胎到咱这穷人家？人都没啥吃，你却还硬箍住要给猪也吃，猪不吃你也不吃，把人整得！”

怀念父亲之二

其实记忆里小时候总觉得我家是富户，以为我爸是村里最有钱的人。了解到小时家穷，也是后来听姐姐说的，那会我都结婚成了人家的媳妇。

从小到大，我经济上的任何要求父亲都尽量满足，从不让我有家里缺钱的感觉。这让我误以为自己生在有钱人的家里。那时我不知道没钱是啥滋味。逢古会时，父亲总要带我去逛，要吃什么也给我买，有时候买得我都吃不下了。那时，我误以为父亲钱多到乱花钱的程度了，竟然大庭广众之下责怪，让他把钱省下来给我买只钢笔或别的学习用品，父亲闻言没有发怒，而是喜出望外，高兴地向周围人夸他的女儿懂事，才九岁就知道学习和节俭了。哥哥说其实那时家里的经济状况并不好，父亲有病不看一直忍着，母亲曾靠奶娃补贴家用。他们自己受罪也不让孩子们可怜，所以让我误以为我家是村里最有钱的。

由于未体验过没钱的难处，结婚时，我根本不考虑男方的家境，甚至彩礼也自作主张不要。父亲在子女婚事上表现出了农村人少有的明智与豁达，令几个亲家赞叹不已，也使好多人对他刮目相看。父亲虽对我们姊妹六个要求很严，但仍不失慈爱，为了让我专心学习，他和母亲曾把家务活全揽；为了给我攒学费和买参考书，他宁可自己省吃俭用，拖着有病的身子外出干活。而在我学业失败的那段时间，他一句埋怨的话都没有讲……

印象里，父亲身材魁梧、高大帅气，为人勇敢真诚，一米八的个子，腰始终挺得很直，身上的衣服总是干干净净的。父亲是名退伍军人，当兵时才十五岁。1949年2月参加中国人民解放军，在西北军区服役，这几年享受民政局待遇，开始每月几十元补助，后来增至三百元，父亲也相当高兴和满足，说国家看得起他们这些人，还说这些钱够他和母亲花了。

他的字写得好，过年时街坊邻里和我家的春联都是他自编自写的。父亲爱养花，以前家里屋前屋后都是花，他不怕麻烦每天浇水侍弄，花儿开得格外艳丽多姿，我每次去了都坐在花跟前不忍离去，从心底佩服父亲把花照顾得这么好。父亲还在门前栽了柿子树，金秋季节，满树的柿子吃不完，父亲就让过路的、熟悉的和陌生的人都摘下来吃。

父母年老时，在地里种了很多蔬菜，品种繁多，有的价钱很贵。父亲和母亲也没有拉到市场去卖，而是送给街坊邻居。个别村民不好意思拿，说他们地里也有种，父亲说："你们种得多就拿去卖钱吧，我的少，吃我的。"附近一些外地客也常年有父母免费的新鲜菜吃。

父亲一直用言传身教的方式来抚养我们。1957年发大水冲垮了我家的房，村里一位大娘提来一担干柴让母亲生了火，就这"水中送柴"的小小举动，被父母一直记在心里。父母常说滴水之恩当涌泉相报，我记事起，就见父母常常扶着大娘出来逛县城，还时常给她买衣服、做好吃的。我们姊妹大喜之日，必先请大娘。有时我家吃黑面也要给大娘吃白面。天长日久，耳濡目染，我们就对大娘好了，甚至三岁的侄子老远见了大娘也伸手去扶。大娘见人就说小小的娃也看大人样子呢。

父亲一生正直踏实、心怀坦荡，在附近有极高的声誉。不仅本村分地、选举等事都离不了他主持公道，连附近村子邻里有什么纠纷，也邀请他出面调解，在父亲的劝解下，矛盾总会迎刃而解。有位乡镇干部曾对我说："你爸为人处世、解决问题的脑筋和魄力，咱这儿那几个村主任跟他连鞋带都配不上！”

我们姊妹几个，做得再好，又怎么能超越父亲呢，只能望其项背吧。

怀念父亲之三

父亲一生乐善好施，热情开朗，好多人视他为知己。

村里有个叫保仓的，和父亲有着数十年的友谊，两人无话不谈，交情甚笃。乡党的班辈胡球的安顿，论辈分，保仓与我们同辈，我们叫他哥。论年龄，他比父亲还大一岁。上了六十岁，保仓哥和父亲关系愈发的好，几乎形影不离了。郭村宽敞光直的村道上，总有他们背着手肩并肩走来走去的身影，他们或坐在道沿上，或站在柿树下，说着知己话，谈论着村里的人和事；他们骑着自行车，从郭村长长的街道、高高的门楼驶出，沿着宽阔平坦的通村水泥路去别的村会友吃筵席；他们精神抖擞地一起出游，看山看水看日出，逛大小庙会。

光阴荏苒，我们姊妹六个相继结婚生子，都开始为各自的生活奔波忙碌。哥哥另辟田地住在另一个街道，和父母过活的弟弟也带着妻儿在外边租房做起了生意。三间四层的大屋里只剩下父亲和母亲。父亲对此很是满意，整日乐呵呵的，跟保仓哥说：“这就是我想要的结果，娃娃都知道上进，留我和她妈住这么大的屋，每天挑房子住，晚上住北边，嫌黑就住南边，雨天住前头晴天住后头，上午住楼上下午住楼下，跳一丈顺八尺多自在。”

我们虽不在父母身边，但个个心牵父母，隔三岔五回去看望他们。父母笑着说娃多了好，一周一人来一天，那也是每天都有人来，说他们现在不需要人陪，“你们干你们的事，不来也好，我们反而清静”。

为了父母方便，一楼屋里院里弟弟全铺了红地毯，还在拐弯处墙上写了“慢！小心跌伤”等话，提醒父母注意安全。这段时日，无疑是父母一生中恬淡随意的欢乐时光。父母每天喜滋滋的，看起来舒心惬意，似乎年轻了许多，身体也硬朗了。我就也放下心来，心里祈祷着父母这样的状态能持续下去，无忧无虑安度晚年。

凭空响炸雷，一个闷响，惊得人打趔趄——拆迁消息突然传来，这让父母一时难以接受，慌了手脚！

我说：“爸呀，你不要怕，要拆也是先拆别的村，我们安谷村都没拆，周围村子也没拆，还轮不到拆郭村，你别怕。”实际上我当时真的有点不相信郭村会那么快被拆。

然而，拆迁队还是真的来了，他们很快进驻村里，住了一辈子的家马上就要被拆掉了！

保仓哥来我家没说话先哭了，他长叹一声，说：“胳膊再粗都扭不过大腿，咱老了，就听天由命吧，吃谁饭跟谁转吧。”

父亲深明大义，说：“咱老了，弄不成啥了，就听政府的。人家都拆，咱不拆让干部也为难。再说人家在咱这地摊子上能盖更大更高的楼，国家让拆，就拆吧。”

几天后回娘家，老远就听见咚咚咚砸东西的声响。走进去一看，父亲正和母亲一起抡着锤子斧头，狠劲地砸一些农具和家具，如镜子、木梳、匣子、纺线车等，古老的、现代的，能用的、没用的都在他们的捶打之下纷纷变为废品。我们儿时坐过的那个精致的木童车，现在已经砸成了一堆零件。那是当初父亲专门请高手做的，技术细致精巧，木雕的花纹美观匀称。父亲很喜爱这个童车，曾说要将它保存下去，让子孙后代知道我们是坐着它长大的。谁知现在却……

父亲还在砸，一斧头下去，那个结实的木斗四散成片，碎片向四周跌去，噼里啪啦的，似乎带着气，带着无用被弃的可怜，带着一种说不出的哀伤！

见我来了，父亲停下砸的动作，接过我递过的毛巾擦了把手，说："一辈子都是人家砸咱东西，咱还没砸过，这次把人气的，人家只拆不管咱，让咱自己先找住处，绒绒她妈才七十岁，住这家不要那家嫌的，人家害怕老死在他们屋里，说是带晦气。我和你妈这把老骨头了，谁还敢让住？我们在自己家里搞搞破坏，也算出出气，气一出，就不管了，人老了，也讲不清这个理。"

我去找保仓哥，出门发现好多老人都在家里砸东西"搞破坏"，保仓哥也一样，把用过的几个烟袋全砸了，他一辈子一直抽旱烟锅，用过的烟袋攒了不少。我说："那个大烟嘴带着玉，值钱，怎么也砸？"

保仓哥说："都没家了，还要钱干啥？不是嫌拆，是怕我们这些老家伙没地方安身。"

村开始拆了，没村，家还在哪里？

那段时间，我不敢去娘家屋里看，不敢去碰撞那个植根于郭村村民人人心里的伤口。有次和朋友去邻村采访，回来迷路了，误入郭村街道，竟然看到我家门前的柿子树伤痕累累，老人一样弓着腰；屋前父亲养的鲜花东倒西歪的，一片惨象不忍目睹；我家的大铁门还在，房还在，红地毯还在，但是四周全被拆除了，独留我家是因为住着拆迁工作人员，我向屋里走去，有人提着一袋馒头出来，挡着我："干吗？进去干吗？"

"我屋。"我手指屋里回答。

"这不是你屋了。"

站在生我养我的地方，站在这个养我二十多年的家，当时我的心情不用描述，大家也能想得到。

郭村拆了，我家四层小楼顷刻间成了一片废墟。屋前屋后才装不久的新门窗不知道被谁卸了，新铺不久的红地毯还有墙上挂的字画怕也被埋葬在土下了。唉，再也回不去了，郭村这个家啊！

怀念父亲之四

拿着安置费和过渡费，我和弟弟找了几天也没找到出租屋。按说租房很简单，只要交钱，房多得是。然而怎么也没想到，城里的高楼和乡村的民房都不接纳高龄的父母，城里楼高父母上下不方便，民房的主人又不让老人住，有几家直言："老死在我家了咋办？"

父母只好住在我家。他们不愿意来的，总觉得住我家不妥。他们说我有年迈的婆婆，还有离婚的小姑和他儿子，女儿、女婿、外孙、儿子、儿媳都在家住，不大的屋子住得满满的。他们不想给我添加负担。

未拆前，父亲还能骑着自行车，或者三轮车带母亲逛；拆迁后，父亲不会骑车子了，从此再也没有骑过车子。似乎拆迁是个有特异功能的人，不让谁骑车子，立马奏效。

父母很快衰老下去，几乎和拆迁前判若两人，当年潇洒干练的模样已一去不复返。我和爱人端饭给他们时，父亲的神情总是不太自然，像来走亲戚的，总说“麻烦你们了”之类的客气话。

父亲和保仓哥一块儿出去找房子了。保仓哥骑着电动摩托，带着父亲跑了好多地方。

也许是住惯了自己家平坦的院落，走惯了家乡平坦的街道，没曾想外边“危机四伏”。那天，父亲上台阶，不小心踏空了，导致严重骨折。这下住处倒是有了，直接进了医院住院部。

父亲摔得很重，做了大手术，换了块骨头。当时我在武汉，知道事情的始末时，父亲已经住进了医院。

怀念父亲之五

我是跟一群文友来武汉开会的，主要是给一个新产品做宣传。

换个地方，我总会有几天不舒服，不是嗓子疼就是闹肚子。7月1日就觉得嗓子有些不舒服，声音渐渐开始沙哑。

7月4日和朋友谈事情。下午五点多，突然心口剧疼，捂着胸口过了一会儿才好。朋友们劝我去看医生，但自觉已无症状，就答应回宿舍休息。将手机调至静音，为了明天的工作，得好好睡一会儿。

一夜梦到的都是父亲，不知道出了什么事，梦里的父亲被好多人围着，大呼小叫。还是给家里打个电话吧。拿起电话，惊奇地看到十几个未接来电，都是家人的，爱人、女儿、妹妹、弟弟，又跳出几条信息："姐，咱爸摔骨折了！"

我拔弟弟妹妹的电话，才发现自己的手机欠费了打不出去，接着缴费，订机票，准备回家。

5日中午，我从武汉天河机场直达咸阳底张机场，坐上出租就去看父亲。在一家医院见到正做检查的父亲，看到家人一副愁容，心里也很难过，想着怎样减轻父亲的病痛，一急一忧，声就哑得更厉害了。幸亏朋友红给我出主意，让我镇定下来。下午，坐侄子的车去骨科医院找一位熟人。下午五点，再次去骨科医院商谈父亲的治疗问题，路上，接到一个电话，冷不防挨了一闷棍，像硫酸当头泼下来，又像诖硬把我的心浸泡在冰窖里，当时就非常生气，但那种事偏偏最不能语言过激，只能忍着，但那股气还是在胸腔横冲直撞，喉咙里的气流怎么也忍不住，吭吭哐哐撞击胸腔，仿佛发泄心中的不平，仿佛抗议人世的不公，仿佛受了打击，受了刺激，受了凉，咳嗽就一阵比一阵剧烈。

回家给父亲收拾房子——医生要上门给父亲治疗。姐、妹、哥、弟全遭遇拆迁，想来想去只有我家还有一个空房子。门是破烂的，窗子没有窗帘，床不仅高还又窄又小。这个房子因为临街"太吵"，所以一直空着，要让胯骨骨折的老父亲住在这里，少说也得收拾一天，最不行也得准备好床上的东西和床，父亲一旦躺上去，不是说换床就随便换的，动一下他都会极痛苦。

因为父亲的骨折十分严重，如果经济不成问题，医生建议手术。可是，我们几个一个比一个穷。特别是我，真真就是父母的冤家，姊妹几个用来孝敬父母的钱都被我借来，多年还是无力偿还，如今，事情又来得如此猝不及防。父亲原本是要接回弟弟那里的，家拆了后他和母亲一直跟弟弟一起住在弟弟丈人承包的桃园里。然而，可怜的弟弟当时在父母实在无处安身的情况下在桃园盖房的，没想到这个时候那个地方不让父亲去住了，八十多岁的父亲又一次遭遇无家可归。

叫来女儿、儿媳给父亲铺床，收拾房子。“爸一辈子没亏过人，老了这把老骨头咋也没处放了？年龄大，没人租房给我，人家怕老死他家，害你们受罪，我活够了，给我多吃些止疼片，过量了我就死了”父亲的话不断在我的耳边响起。我想哭，但不能当着孩子们的面哭。身体不舒服，头晕还不断地咳嗽。我没有给孩子们做饭，就躺着等姐姐和弟弟送父亲来。

就这样，咳嗽缠上了我，像个无赖怎么也摆脱不了。打针吃药就好一些，停药就犯，无痰干咳，一声接一声，连话都说不成。

半个多月过去了，咳嗽仍然不止，白天咳晚上咳，有气冲撞着，像抗议又像发泄。说话受影响，睡觉不能躺，受不得风，见不得凉，和每次感冒咳嗽不同，而且比每一次都难受，我想，兴许父亲好了，我才能好！

父亲最终还是住在医院里接受手术。

保仓哥最终也没租到房，他住在女子家，每天骑着电摩来医院看父亲，两人拉着手老泪纵横。父亲说：“我觉得大不如以前了，说不定死了都回不去咱郭村的楼了，你身体还好，好好活，争取住进去，那是咱的屋！”

保仓哥抹了一把泪，说：“你放心，你马上会好，就是死，咱俩也一起死，走时一个叫上一个……”他哽咽着说不下去了，少顷，他收敛悲伤，似乎笑了，“看咱俩个老糊涂！咱俩都没活够，阎王爷还不收咱，咱都等着住上安置楼再走！说好了，嗯？”

父亲也咧嘴笑了：“那就说好了，咱争取住上安置楼！”

父亲出院后，弟弟在荒郊野外开荒地办养鸡场，将父亲接到那里养伤。

荒郊还未通车，后来踏出一条小径算是路，路是土路，细细的，坑坑洼洼曲里拐弯。保仓哥来一次也不容易，好几次是侄儿带他来的，来了就和父亲掐指头算日子，算几时楼能盖好。他天天和父亲通电话，父亲总在放下手机后，就让人搀扶着下床锻炼，嘴里念叨：“我和你保仓哥都要住楼，咱郭村的安置楼一定盖得很漂亮！”

保仓哥最后一次来电时间很长，由于开的免提，我听他一直在说村里老人寄人篱下无家可归的苦，说大家都盼着新楼建起的一天。

父母比所有人都盼着搬回新楼，他们住的地方荒郊野外的，那时不通电、不通车、不通水，蚊虫横飞，路上还必须经过一个大洞子。我们去一次极不方便，远且不说，只那洞子底下的水就让我们望而却步，甚至出租车钱都不去。

父母说：“搬回去，搬回去我娃来娘家就不受这可怜了。”父亲有每天记事的习惯，他在病床上颤抖着记下搬入住地的时间，他在另一个本子上写拆迁时的感受和拆迁后的心情。我看过，父亲的文笔很好，后来找不见了，听母亲说，父亲把那个本子烧了。

天有不测风云，没过多久就传来了保仓哥离世的噩耗，但所有人都没有把这个消息告诉父亲。

父亲天天要给保仓哥打电话，我们总是找个话头岔过去，父亲坚持要打，我们就说保仓哥的手机坏了。再问，我们只好编谎言，说这儿没信号，路断了等。让他相信保仓哥身体很好，只是接电话不方便而已。父亲只好作罢，嘴里说："就是，你保仓哥说了，一定要和我一块住楼呢。"

直到父亲去世，也没有人告诉他保仓哥先他一步去了天堂。

那个安置楼至今还没有人搬进去，最早听说是去年年底，后来又说是今年五一，又说六月份交钥匙进楼。最后，父亲离世前，我们打听，说那楼啥都好了，就是出了点事，还不能搬回去，究竟什么事，我不想知道。总之，可怜的父亲和他的挚友永远住不进安置楼了！他们实在等不到搬进楼的那一天了！

他们带着遗憾，走了！

除了和保仓哥之间那些感人的故事，父亲与陈阳街道办事处孔家寨村村干部王秉宇之间也有一段感人至深的故事。

父亲生病后，王秉宇叔得知，已七十岁的他不怕路途遥远坎坷不平，一次又一次地来看父亲。他坐在父亲床头，拉着父亲的手有说不完的贴心话。父亲离世后，给他报丧，王叔捂着心脏，痛苦地感叹。葬礼上，他哀声痛哭，对挚友的那份难分难舍之情令所有人为之震撼。

怀念父亲之六

母亲记得，父亲的最后一句话就是："回，回家，叫上保仓，回走！”

自从知道安置楼完工的消息后，父亲每天都要计算搬回去的日期。问我们，问来看望他的人。

“听说咱的楼盖好了，啥时能搬回去住？”

“五一，听说五一交钥匙。”

6月18日，父亲离世的前五天，他说：“都快7月了，咱还不搬回去？谁给领导说一下，让咱迁回去，咱也不刷涂料不装修，毛坯房住着就行，临老有个稳妥地方。唉，我做了啥恶事，临老怎么落了个无家可归的下场？”

“您不要这么说，您不是无家可归，拆迁了就是这样，几个村的人都随便住着，临时过渡下，过几天就回去了。”

“过几天？到底还有多久吗？”

听的人都红了眼圈，我们知道，父亲想有个能安放灵魂的家园！

父亲是在父亲节那天夜里不会说话的，这一年的父亲节是2016年农历五月十五，阳历6月19日。

那天中午，我去西安办完事匆匆往回赶，中途下车，准备去看父亲。这些年，我们姊妹六人总是不约而同在父亲节这天去看父亲。

刚走了没多远，就接到兴平冯鹏凯老师的电话，说陈爱美老师下午来咸阳，他找我有事，现就在陈阳寨等我。陈老师我前一天已见过，主要是冯老师，这么大年纪这么热的天，开着电摩从兴平赶来，电摩还没电了。于是我重新到车站坐车去陈阳寨见冯老师，让他到我家给电摩充电，又叫来朋友送冯老师去陈爱美老师所在的活动现场。完了才着急忙慌地赶往“娘家”。

父母见我来自然非常高兴，特别是父亲，像个小孩一样笑得合不拢嘴。因为家里有事，我已经好久没来看父母了，所以这算是“久别重逢”。父亲好像有说不完的话，问我还写着么，我知道他以前不支持我写作，如今又担心看书伤眼睛，担心这担心那的。我就说不写了。父亲说：“你能不写？我还不知道你？喜爱的事能说弃就弃了！”他还举例说，“村人桃桃他爸爱说媒，一次因说媒引起误会被诬陷，想不通，就说‘再不说媒了，八抬大轿抬我也不去！出力不讨好，好心还遭人骂，闲惹气把人能气死，老汉我死也不说媒了！’老汉哭了一场就跳了池涝，被一路过的小伙捞上岸，苏醒过来第一眼瞅见身旁风华正茂的小伙，张口就问：‘小伙你有媳妇吗？没有叔给你介绍一个’……”

父亲讲完，我和妈在一旁哈哈大笑。我一激动，打开手机，让父亲看我写的文章和前不久在网上发的众筹出书的消息。看到那么多人支持我，父亲竟然哭出了声，他哽咽着说他是高兴的，让我把人家的好处记着，说谁不知道钱自己花更好，人家给我是想帮我。

我也很想哭，毕竟走到众筹这一步也是万不得已。谁知道我有多艰难多委屈，如果我不这样，靠我自己的经济能力，书稿怕是永远也无法见天日。但我还是笑着，在父亲跟前我不愿意有忧伤的表情出现。见我很开心，父亲和我说起我的家事，问起儿子和女儿，我说我很好，父亲就又喜滋滋的。这时冯老师打来电话，我知道他要取车，就把这事跟父母说了。

父亲说：“哦，你有事就先回吧，本来我还有话给你说呢。”

我妈在一旁说：“那你就跟你娃说，看你们几天没见，亲的。”

父亲说："今儿不行，老师等着取车呢。过几天咱要搬回去住，给娃腾个房专门看书，为她看书我过去没少打她，你这女子咎输了（方言，改不了的意思），爱写得不行。"

我妈帮我拿过包："那你快回！"

6月20日（农历五月十六日）一大早，母亲来电，说父亲昨夜突然不会说话了。

心急火燎地赶去，父亲意识还很清楚，只是发不出声音了。我们说的每一句话，他似乎都能听懂，不时回应一下，来人叫他，也会睁眼看看，只是不说话，用点头和摇头替代语言。我叫来医生给他挂针，医生是我同学，和所有见过的大夫一样，不愿插手。我说一切责任不让她承担，她才愿意给父亲治疗。父亲也很配合，乖乖地伸出胳膊。一天吊针下来，父亲的情况看起来好多了，我才稍稍放下心来，就离开了，让妹妹好好照看父亲，我则明天坐车去城里买个吸痰器，因为母亲说我原先买的那个不好用。

21日，农历五月十七日下午，我从城里赶回去看父亲，他刚刚打完吊针，听弟媳说她要求大夫比昨天多挂了两瓶。弟媳一直侍候父亲，很孝顺，她盼着父亲赶紧好转，和原来一样健健康康的。但父亲的情况不怎么好了，他不再吃东西，挂了那么多药水竟然也没有一滴尿。一会儿呼吸开始急促，看起来很虚弱。一向刚强的父亲突然如此，我们都有些手足无措，心里万分难受，恨不能替父承受，但谁也使不上一点儿力气，谁也不知道这竟是他和儿女们在一起的最后日子。

二姐先回去了，一会儿不放心又打来电话，我和妹妹伏在父亲枕边，拿着电话让他听。二姐说："爸，你娃叫你呢，你听见了吗？"

父亲闭着眼睛，表情有点难受。我问："咱爸哪儿疼，咋这么难受的表情？"父亲很少有这样的表情，他一定听见姐姐的声音了！

妹妹对着电话说："二姐，咱爸听见了，他能听见！咱爸能听见你和他说话了！"

"爸，那你咋不给你娃答应呢？爸，你给你娃答应一声，爸，爸吔！你给你娃答应一声吗，爸！"二姐还在电话里边叫着。

我不由得在心里埋怨二姐，妹妹的表情也表明她对二姐不满："咱爸都不会说话几天了，你明知道的，还硬要爸答应……"

然而，我们谁也没有想到，疼我养我的父亲竟然意想不到的，出乎意料地张大嘴巴抬起下颚，似乎用尽全身的力气，清清脆脆答应了一声："哎——"声音竟是出奇的洪亮，生病以来头一次这么大声。

"我听见了，爸！"

电话那端的姐姐喊着。我和妹妹惊喜地看着父亲，简直不相信自己的耳朵。妹妹捂着嘴，她想哭，我知道。我也赶紧不说话了，声音里的哭腔被我使劲拉回来，强行塞进喉咙里。

6月22日，即农历五月十八日，我们姊妹六个全留在父母住的地方没有回家。前半夜我们就睡在另一个房间，可我根本无法睡着，起来坐到父亲跟前。父亲的眼睛还是紧闭着，我叫了声爸，父亲轻轻抬了抬胳膊。我拉着他的手摸着，父亲的手指出奇地长，我和姐姐妹妹为此已经惊叹过无数次了。母亲催促我去睡，我不想惊扰影响二老休息，就走过去躺在父亲旁边。不知何时竟睡着了。

我睡眠一直都不太好，特别是换个地方更是无法睡着。然而，让我至今不解的是，一直以来，只要睡在父亲或者母亲身边，我很快便会进入梦乡，而且睡得十分香甜。忽然醒过来，迷迷糊糊中听见母亲和父亲说话。我一骨碌坐起，见父亲眼睛睁着，目光不显灰暗，甚至和以前一样目光如炬，这时他不知道看向何处，那眼里有留恋，有无奈，透着坚强和深邃，饱含对家人的不舍，那目光能替千言能代万语，让儿女们刻骨铭心，让我一辈子也不会忘记。

母亲说："看你爸今晚上眼睛一直都睁着。他爸，我给你喝些水要不？"

父亲摇头。我坐到他跟前，把他的头放在我的怀里，深情地注视着他的眼睛。我想起有一次我和爱人重归于好之后告诉父亲，他好像就是这种眼神；想起那一年母亲手术，他在母亲病房外等待时也是这种眼神；想起父亲得知我一切不顺、侄儿婚姻变故、哥哥钱财被骗……那时的眼神都像极了现在。父亲像在沉思，像在做一个决定，又像在等候一个答复，但具体表达什么，我无法说清。但我深知有一份牵挂和不放心在里面，就说："爸，我知道你放心不下我妈，你不要操心她，我会好好照顾她，让她享福，再说我大姐和二姐跟秋芳都商量好了，一定管好我妈，爸你就尽管放心吧。"父亲似乎放心了一样闭上眼睛。

父亲的头枕在我的左胳膊上，安静地闭着眼睛，呼吸也平稳了许多。这时，我们仍然不知道父亲就要离开，不知道这是他弥离之际，不知道他和我们在一起仅仅只有几分几秒的时间了。

突然，我觉得有寒气袭来，冷飕飕的，虽是炎炎夏日，但丝丝寒意还是在我的脊背上拍打，然后朝骨骼、心底慢慢渗透，就如同屋里开了空调，冷气直对着我吹一般。只一会儿，我又觉得身体很不舒服，似乎什么东西刺进了我的五脏六腑，抽我的筋骨，一刀刀挖着我的心。再看父亲似乎睡着了一样。我胸口撕扯般疼，胃里难受极了，胳膊几乎承不住父亲的重量，赶紧发信息叫楼上的人下来。哥、嫂、弟弟、弟媳和姐姐、妹妹立刻围拢过来，尽我们最大的努力挽留父亲，但父亲的情况越发糟糕，呼吸越发微弱。

我妈，那个一向与父亲寸步不离的人，此时却一点也不慌乱。父亲离世后，母亲曾一度无比痛苦，以致引起身体不适住进医院。我无法想象，母亲在此时此刻是怎么忍着不哭，忍着自己的悲伤的！她突然转向弟弟，缓缓地说："你爸好强一辈子，不准让你爸出去咽气。"

弟弟赶紧说："妈，这个我知道，咱不出去，您放心。"弟弟当时的一番话我想父亲一定会听见的，他一定会感到欣慰的。要知道，拆迁后村里的老人至今还没有一个老死在别人家的，都是估摸着人不行了就拉到大队部，父亲肯定要做第一人了。为弟弟的这句话我心里很感谢他。我们没有手忙脚乱地抬父亲出门，这时心里已经彻底明白父亲不行了，要远离了。

围在父亲身边，我们心如刀割，摸他的手，亲他的脸，给他说临别的话。嫂子说："爸，你就不要操心我妈，也不要操心俊俊，我妈我们会管好的。"

母亲指挥我们为父亲擦脸、穿衣、穿鞋。凌晨0点30分，发现父亲没有呼吸了，母亲说："拔掉氧气，你爸他走了，不要折腾他，让他安安静静地走！"我们叫了几声爸，父亲却真的不应了，再也没有答应我们了！

我不相信，我不相信我爸会死，他一定只是睡着了！他能听见我说话！

我爸好着！不，不能抬他走！

“你再看一次你爸好着吗？”堂哥们说。

“我爸好着！他一会儿就会醒了，他好着，他只是不睁眼，他没事，我爸他好着！”

家人、朋友、亲戚一次次将我拖离父亲身边，又一次次将我拉回父亲身边。他们一次次打开冰柜，帮我证实，让我触摸父亲的脉搏和心跳。但我还是固执地认为父亲没有死，和平时一样，睡一会儿就会睁开眼睛看我。

然而，父亲，我亲爱的父亲，将我从雪地里救活的父亲，这个世上最爱我的父亲，再也没有睁开眼睛！

生命中再也没有了父亲，再也没有了啊！再也不能亲昵地挨在他身边撒娇听他给我讲故事了，再也看不见父亲了！想你的时候，去哪儿找？失意的时候，我去跟谁诉说心中的委屈？迷茫的时候，谁引导我走出心灵迷宫看清人世幻象？爸呀，那么坚强的你，那么硬朗的你，说话那么幽默的你，怎么会死呢？爸呀，没有你，女儿怎么活．爸，我的爸！

哥哥说：“知道你当时为啥不舒服吗？那是咱爸要走了，你要相信，爸真的走了。”

父亲离世，分明是老天强行割除我的骨头和我的肉，我身上的一部分被割掉，我怎么能没有反应呢？

我的世界要崩溃了！

2016年农历五月十九日零点三十分，父亲枕着我的左臂，躺在我怀里驾鹤西去了，他永别自己挚爱的世界和至亲的亲人与世长辞了！这个日子，我记着。

怀念父亲之七

父亲终因年事已高，体力衰竭，不幸于公元2016年公历6月23日农历五月十九日零点三十分与世长辞，永远地离开了我们，享年84岁。父亲出生于1934年3月19日，一生坎坷辛劳，饱经沧桑。

父亲为我们操了一辈子的心，直到不能用语言清楚表达时仍然不放心这个不放心那个，他为别人考虑了一辈子，唯独没有考虑他自己。弥留之时，也没有一刻的安心，把善心发挥到了极致。即使在他不能说话，生命逐渐衰竭之时，只要感觉有人来看望他，他都要抬起胳膊，向来人表示感谢，还不断示意让来人早些回去，路不好走，不要等到天晚。客人与他告别起身，他也必让母亲送出门去。

父亲去世前一年，听说我胃不舒服，就要带我去一位他认识的中医那里看。当时他已经老态龙钟，并且腿做了大手术，已经走不动路了，却硬要带我看病。我只好让朋友帮忙开车拉他和我一起去。父亲背着我硬塞给朋友一百元钱作为车费。大夫让我不要吃凉的，父亲就说："你说得对，我这女子就是不听话爱吃凉的，莲，以后可要听大夫的话哦。我这女儿啥都好，就是不把身体当回事。"当时我在一边听着，那种感觉幸福极了。好多年来，我为别人生儿育女，也没见他说过一句暖心的话，唯有父亲，总是时刻记挂着我。

父亲离去的那个时辰，正是黎明前最黑的时候，黎明前的黑夜里父亲去了，永远去了，再也看不到，叫不应，回不来了！父亲是郭村姜氏门族“希”字辈二十多个兄弟中最后离世的，至此，这一辈人全部没有了。“希”是希望，他们把“上楼”的希望留给健在的人。

按风俗，父亲的遗体被我们从睡床上抬到外间用门板支起的床上。刚一放下，已经干旱很久的天这时开始下雨，雨越下越大，像我们的眼泪，大地瞬时一片悲伤苍凉，天也哭了！

虽然无比难过，泪一波一波从心里往外涌，憋屈到手脚麻木，如鲠在喉，但我们不敢放声大哭。因为这个地方不是我家的，农村人固有的忌讳我们还得讲究。其实平心而论，哭几声又有何妨？父亲没了还不让哭，那才是天老爷不应允的！当时妹妹实在忍不住就哭了，弟弟制止了她。

但天懂人心，我们的泪瞬间化作倾盆大雨。凄苦的雨，毫无顾忌地飘落，雨也是天空落下的泪啊，天空一定也像我们一样忧伤难过，透明的雨水扯起丝帘，像我们与父亲间扯不断的血脉亲情。

5月19日深夜1点，堂哥和堂嫂们接到电话后匆匆从各自的住处赶往弟弟所在的荒野住地，父亲的遗体被抬上车，拉到郭村原来的大队部。村子拆迁后，凡村民的丧事都是在这儿举行的。生于斯，长于斯而没有死于斯，死后能从这里去天堂好歹也算弥补了村民不能相见的遗憾。

大队部脏乱不堪，里面有办完丧事留下的灵桌和断蜡及焚纸盆等。我们收拾之后，将父亲的灵堂安置在此。那一晚，我们就在这里给父亲守灵，实在支持不住，就找地方躺一会儿。这里根本就没有休息的地方，没有床，除了空荡荡的屋子，什么都没有。弟弟开车将父亲的衣服装到蛇皮袋里，和着一些麦秸草拉来放在灵堂。父亲年轻时未穿过几件好衣服，晚年我们买的新衣服，他说病体难脱难换不方便，如今，都被装在这些袋子里，准备烧掉了。母亲要留几件新的给哥哥和弟弟，大家都说让父亲带走，如此心里才好受。

我们实在支持不住了就躺在垫子上眯了一会儿。说来奇怪，自从2015年秦都区文化综合执法队在董光敏队长带领下上门执法以来，我就变得十分胆小，以至于晚上不敢入睡。但是，每每去娘家睡父母房里，我都会一夜一觉香甜地睡到自然醒。这当儿，在父亲灵堂前，我虽然睡在草甸上，腿得蜷起来，身下疙疙瘩瘩的不舒服，却很快就睡过去了。我知道这是父亲还在我身边的原因。如果真能天天如此，我该多么幸福，我幻想自己挨着父亲温暖宽厚的身子，睡在他的怀里……唉，梦，终归是梦；幻想，始终美好，恍若如初。最后一次在父亲身边睡一个安稳觉。而明天，父亲，您还在吗？女儿能在你身边睡觉吗？每思及此，我都肝肠寸断。

5月19日，整整一天都是大雨滂沱，整个大地似乎被泪水淹没。

我们姊妹六人都是头一次直面亲人死亡，几乎无法承受了，我们的脸色一个比一个难看。平时红润水色的面容，一时间全都苍黄灰暗得憔悴不堪看了！纸扎活，人家不停地催着让去看，我见过也知道那个花圈、堂堂、桌裙等要细挑，要价，看货，但我已经没这个心情了，就让随便送来。

是啊，世间最大的哀痛莫过于永远失去亲人。这个时候，最伤心的无疑是逝者骨肉相连的至亲至爱，心情最糟了。“情绪承受键”已推至极限，那根弦绷得紧紧的，稍有冲撞或不慎冒犯，都会火星四溅、甚至导致键坏弦断，后果不堪设想。失去亲人的痛楚在家属心灵深处成了一种无法解脱的折磨，他们往往会拿命和你闹，借机发泄一番。所以很少有人招惹失去亲人的人，古时抬“官轿”的路上遇见丧事抬棺材的，都得让着，所谓死者为大。不仅是对死者的尊重，我以为，也有对送葬人的“惧怕”。

6月24日，即农历五月二十日，父亲的遗体在咸阳底张火葬场火化。火化的前一刻，我为父亲整理好身上的衣服，长这么大，从来没有管过父亲穿衣，甚至没有帮他拉一下衣角，基本都是靠母亲打理。父亲穿着母亲为他做的寿衣，神色安详，嘴角似乎还带有一抹微笑，和蔼可亲，和以前睡觉时一模一样。他一定能听见我说话，他心里一定什么都知道。

我虽然这时有超乎寻常的理智，却不断有这样的想法。遵照村中长者的话，父亲的左右手里都要放东西，油头发用来打狗，扇子用来扇坏人。虽然在冰棺里已经两天多了，父亲的身体竟还很柔软，双手摸起来和先前一样光滑厚实。我没有按司仪封先生的话照做，没有将油头发放进父亲袖筒里，而是让父亲拿在手上，是的，没错，父亲的的确确很配合稳稳拿着的。

一刹那，我疑惑了，父亲一生中身上有许多我弄不懂的问题，我又何止这一次疑惑呢？父亲只念过完小，一笔好字却胜过如今许多大学生，一手好算盘远近闻名，宋体书法让人赞叹。父亲任大队会计期间，用钢笔做的账现在还有保存，父亲的字规整有力，账目一丝不苟，认真、清晰，而且人缘好，德高望重，虽后来因拆迁村人居住分散，乡党之间很难相见，想看他却不知去向，但村人四处打听知道地方后，便成群结队来看望他。

他虽然没有雄厚的知识，却有哲人般周密的逻辑思维，无数次被村里村外的人请去处理棘手的问题，没有报酬，只要有人要帮忙，父亲都会去，闹得不可开交的双方当事人见到父亲都会恭敬起来，都愿意听他说话。

父亲一生侠肝义胆，一身浩然正气，为好人撑腰壮胆，用智慧平息了很多民间纠纷。为乡党义务调解传为佳话美谈，婆媳关系、妯娌矛盾、弟兄分家、男娶女嫁都请他去说话；地分不下去了、提留款收不上了等，父亲一去立马搞定，任务顺利完成，矛盾迎刃而解。

七十岁时竟然被人请去协助破获杀人案，郭村四组有个叫刘中原的，如今讲起父亲破获的案子都连连称奇。一个乡野农夫，怎会有这个能力？这一点我一直不明白。

从小父亲就让我们做个讲卫生的孩子，他一辈子身体力行，早起刷牙，饭后漱口，睡前洗脚，直到生命的终点，他都是干干净净的，三天不吃不喝，没有大小便，没有给身上床上留下一点污渍。父亲的脸色依然红润，没有半点苍黄，皮肤同样很光滑，几乎没有皱纹，历经沧桑饱经风霜，生活的风浪丝毫没有压低他的腰背，他的腰从来都是挺拔的，岁月的风尘竟然让他那张脸也如此完美生动！我不禁又疑惑了。我将脸紧紧地贴上去，我说：“爸你放心走吧。”我在他冰凉的脸上长久地吻着，吻着，最后一次亲吻我的父亲。

抬起头来，所有人都看着我，继而哭声大作……

缕缕青烟从高高的烟囱冒出，亲爱的父亲肉体化成轻烟，随风散去了，我们哭喊着爸爸，烧着他生前的衣服用品，烧着香火纸钱……

骨灰装在哥哥和弟弟现场买的近两千元的乳白色大理石骨灰盒里，被我们哭着带回郭村大队部原址。

2016年6月25日，即农历五月二十一日，从原郭村小学隔壁的郭村大队部旧址送父亲骨灰到王道村陵园安葬。

郭村小学因为拆迁所以撤掉了，已经与别的学校合并，如今人去楼空，周围荒草萋萋，一片颓败。

这一天天气晴好，前一日的大雨让持续一月的高温退烧。来参加葬礼的人空前的多，只要知道的都从四面八方赶来了，学校里是管来人吃饭的地方，叫的是郭村姜敢学服务队，我听见有人夸他们饭菜质量上乘。好多帮忙的妇女也在这里忙着分发孝布等，这里所有的房子都站满了穿白戴孝的人，外边空地也涌满了人，大队部更是无处站立，几乎成了人的海洋。

人们克服行路的艰难，从各个地方赶来参加父亲的葬礼，这恐怕并不仅仅因为他年长。从前日起就有文友来，因为一直麻烦大家，又刚做了众筹，所以这次没有跟大家打招呼，只在二十一日发了微信。小曼、梁律师、张教授他们让我很感动，他们联系不上我，不知道我在什么地方，早上七点就到了陵园。冯鹏凯还有文化公司的部分朋友也千辛万苦地找到地点，因为我那几天没接电话，让他们都受了苦。

十字路口露祭，跪成一片，哭声鼎沸，可是再哭也留不住他了！弟弟抱着父亲的骨灰哭，哥哥抱着父亲的遗像哭，我们姐妹四人和嫂子、弟媳扶着灵车已经哭哑了。我们离开灵车跪在地上时，嗓子已经发不出声了，但我们都成六个活脱脱的泪人了，我们哭得天都昏黄了。

“砰”的一声，瓦盆哭碎在十字路口。

父亲的骨灰放进墓坑，他常年不离身的半导体收音机也放在墓坑里，金童银女守在旁边。遵照母亲的旨意，收音机必须打开，我摁了摁，正好是主持人杨舒丹老师的谝闲传节目，父亲以前一直爱听，也知道老杨的秦腔唱得好，似乎对他很了解。好多次二杨广播里上一句刚说完，父亲捧着收音机抢着说他的观点，二杨说扬场，他说那时天天晚上不睡觉等风；二杨广播里解答听众问题，他说这个不孝的儿子就得枪毙了。就这样，他拿着收音机与主持人一唱一和，那情那景历历在目（在这儿对二杨表示感谢，谢谢他们的《谝闲传》给我父母带去的快乐）。

王道村陵园，从此有了我的亲人，有了我一份牵挂。

农历五月十九日，父亲大人的忌日！

二十多年前的五月十九日，即1990年庚午马年农历五月十九日，父亲一大早听说我生了第二个女儿（瑞瑞生日为1990年农历闰五月十六中午饭时，属马），直埋怨跟他们说迟了，迅速骑着自行车，穿着母亲做的黑绵绸衣服，带着鸡蛋挂面红糖来安谷村看我。

妈妈要收拾东西，父亲嫌慢了，跨上车子飞一般骑来。

爸，我知道你们会担心我，我这个可以说是第三胎了，第二胎人家说我怀的女孩，中途做了引产，这回又没生下儿子，我的处境和心情怎么能让您放心呢？您是我生下瑞瑞以来见到的第一个人。我已经几天没好好吃东西了，加上感冒咳嗽，声音哑了。您用木条帮我生着蜂窝煤炉，烟火熏得您睁不开眼睛，您让我吃了生产以后的第一顿饱饭。瑞瑞能吸吮我的乳汁了，您才和妈妈放下心来。

您从地里叫回孩子他爸，您对我说他也瘦了，让我不要麻烦他，自己能做的事自己做。您又说瑞瑞生的时辰好，长大准是有福气的娃，让我们不要嫌弃，说您能养四个女子我养两个有啥难。

后来我的身体再也分泌不出乳汁了，也是您打听偏方帮我解决。后来我总是和爱人及公婆吵架，心情和身体坏到极点。瑞瑞一个月时，我和爱人打架，一赌气把她锁在屋里，一个人走到郭村，来回近二十多里路吧，走一会儿蹲路边歇歇，至今腿不能走长路，不能下蹲。

我瞒着您说家里还好，是他让我到娘家的。您半信半疑，说千万和屋里好好的，生个女娃一家人有些情绪不要紧，以后会慢慢想通的，让我不要太计较。母亲却信了我的话，让我吃了饭不要停赶紧回。

我沿着土路向家走，越想越气，总觉得婆家人没有把我当人看，婚后没见过婆婆一个好脸色，更没花过他们一分钱，怀娃生娃都不见婆婆一句话，他们不关心我这个外姓人可以理解，怎么也不帮忙照顾三岁多的瑶瑶？嫁到这家真是错误的选择！

那时，我有了离婚的想法。

一路想一路流泪就到了家，惊讶地发现房门开着，父亲竟然在屋里，瑞瑞也睡着了。

原来父亲不信我的话，怕我和屋里吵架，也想和我公婆、爱人沟通一下，做做思想工作，好让一家人和睦相处，就先骑车来了。父亲进了我那个住着三个弟兄与公婆合住的大家，老远听见我房里瑞瑞尖锐的哭声，他没见到公婆和爱人，心一急就从窗户翻了进去，我那时候经常丢钥匙了就翻窗户，窗户早成了一个“门”了。父亲说他进去时瑞瑞哭得把被褥全蹬光了，身子已经蹿到炕沿，差一点儿就跌下来了。

瑞瑞醒了，父亲让我赶紧给孩子喂奶。瑞瑞的样子可爱极了，我知道那是因为怀她时大姐的鸡蛋免费供应，爸妈给我提供水果，我自己也注意看书，希望优生优育，瑞瑞不会差到哪去。我说：“我想离婚，带瑞瑞离开这个家。”

父亲说：“你疯了？还有瑶瑶呢，再说把娃带哪儿有自己家好？老天爷给你这么好的娃，你还有啥不知足的？”他一直开导我和爱人，希望我能和婆婆处好关系。他说，“关键在你，人家怎么做你不要管，你把你应该做的做好，你自己毛病也不少。”

父亲苦口婆心一番说教后，我打消了离婚的念头。

父亲，您雪地救我一命，又救了您外孙女，还挽救了我的婚姻，怪不得那时我做梦，最危急的时候就有你和妈出现。现实生活里，您何尝不是出现在我最困苦的时候，使我逢凶化吉，遇难呈祥呢。爸呀，您和妈是我的救神啊！

后来，您听说小姑子牵线将瑞瑞送人抱养了，难过得几天不吃不睡。我妈叫我去给您回话，我说了我的苦衷，您这才不生气了。后来每次去，您都要问孩子的情况，您说把孩子给出去可惜了，娃没她亲爸亲妈也是可怜。

爸呀，怀她时您最关心，月子里的她您最了解，成长中的她您最揪心。爸呀，只有我知道，您一直在默默地关心她。还好，如您当年所说，她生的时辰好，是个有福的娃。

爸，吃饭时间到了，女儿叫您呢，您在哪儿？爸，我的爸！

怀念父亲之八

父亲说："爸死了也不让你这样哭。"

印象里，年轻时的父亲是非常严厉的，对我们姊妹几个要求非常严格，家法在方圆几十里都出了名。我们姊妹没有他的命令一般不敢出门玩耍，偶尔经不住伙伴们千呼万唤，偷偷溜出家门，但老远看见父亲，便老鼠见了猫般朝家跑。父亲在村里也是是非分明、坚持原则的人，他对坏人和一些不公事直言不讳，从来不怕得罪人，不畏强权。

虽然家教很严，然而却不失慈爱，我小时候多病，父亲用自行车载着我四处求医。还有父亲知道我被人欺负时拉着我找对方论理时愤慨的样子，至今仍然刻骨铭心。

我们爱父亲，乡党们尊敬他。

过去艰难的日子里总有父亲买回来的书报杂志，摞在堆放农具的屋里，我有时也偷来读。之所以要偷读，是因为起初时，父亲反对我们姊妹几个爱文学，并且约法三章，不准看电视、听广播、看小说，总之与文学有关的都不许接触。他说，文学是个模棱两可的东西，一篇文章有人说好也有人说烂，说好的好得不得了，说烂就烂得不入眼，不像理科，一加一等于二到哪儿都是对的。四大名著我就是从父亲那儿偷来读的，父亲说他几乎看了不下十遍，他一点儿也没有夸张，我曾经拿着《三国演义》和《水浒传》随便翻到几页，找问题为难父亲，他竟然能对答如流，甚至第几回第几章讲的什么他都记得很清楚，晚年时讲起三国故事也是头头是道。

青春期的我不懂事，很任性，说话很冲，对父母说话都是不耐烦的，有些事不合心意，就和父亲顶嘴。包括后来退婚，也把父亲气得够呛。

父亲喊：“我今日说的你不听，你把这些用笔记下，用本子记下！以后就知道对不对了！等你长大了就知道我说得对不对了。”

我也冲着他说：“我不记，不记我也忘不了！”

父亲似乎拿我没办法，转身时丢下一句：“我的话你拿个本本记着，总会有用的，你不听会吃亏的。”

“我不记！我就不记，不记也忘不了！”我仍然犟着嘴。

如今我真的长大了，也明白，父亲那些话真对，后悔没听他的话，走了许多弯路。

世间的事也真奇怪，父亲越是反对我们接触文学，我们反倒喜爱，哥哥和姐姐的作文都写得很好，我更是和父亲一样喜欢听广播和看书，这无疑让父亲很不高兴。每当我作文获奖时，老师同学齐声夸赞，街坊邻里奔走相告，父亲却一言不发，显出闷闷不乐的样子。的确，我是一个不听话的孩子，是一个让父亲不省心的孩子。

至今我还清楚地记得初中一年级时候发生的那件事。

记得那天是星期六，下午我们不上学。吃过午饭，我背起书包就要上楼。沿着那焊铁楼梯一步一蹬。“你给我下来！”刚上到半中腰，突然听到一声大喊，声音大得像打雷，惊得我差点儿从楼梯上跌下来。向下一看，原来是父亲在喊我，再一看，我惊慌不已，父亲手里正拿着我喜爱的两本书，一本是昨天借牛锋的《天方夜谭》，另一本是杜雄伟老师送给我的《鲁迅文集》。天！我怎么忘了把它们藏起来！我知道父亲不许我看与文学有关的读物，不由得慌张，懊悔不已。

我颤抖着从楼梯上下来，伸手就去夺父亲手里的书。父亲似乎很生气，“啪”地一下把我的手打到一边，大发雷霆，说：“我不让你看小说你偏要看！你姐就是学文科把自己害了。”我那时很叛逆，不认同父亲的话，就在一边不停地顶嘴，他说一句我顶一句。父亲大怒，三两下撕了手里的书，碎纸立马像蝙蝠一样在空中飘飞。父亲抓起一把碎片，匆匆走进厨房。我猜他一定把撕烂的书扔进炉膛旦烧了。

我开始哭，先是流眼泪，后是小声地哭，怕父母听到。等我发觉他们去地里干活了，屋门上了锁，屋里剩下我一个人了，就尽情地放声大哭，一边哭一边飞快地跑进厨房，果真从炉膛里扒拉出一堆纸。火早熄灭了，没一点儿“烧纸”的痕迹。我呜呜地哭着，把那些碎片整理在一起，一张张、一点点地拼凑，再用糨糊粘好，总算有了书形，却怎么也没有原来的完整，有的碎片太小再怎么粘也粘不到一块。怕父母发觉，我把粘好的书藏了起来。

星期一去学校，我准备把书还给牛锋，也准备好了要说的话——她一旦发现书“受伤”，我该怎么说。我的心咚咚地跳着，不安地把那本《天方夜谭》掏出来，刚要递给牛锋，谁知她看都不看，就用手一挡，说书不是她的，是初三班郭雄的，让我直接还给郭雄。

我于是一天数次跑到初三班教室给郭雄还书，但每次站在教室外边看着郭雄都不敢开口，生怕他骂我把书弄坏了。那书尽管被我用心“修饰”过，但还是能看出缺了页码，如同人挨了打，看上去伤痕累累。

到了星期五时，牛锋问我把书还了没有，我这才明白不能拖了。下午放学铃声一响，我就鼓起勇气站在三年级教室外了，怯怯地喊了郭雄一声。“郭雄，你出来一下！”我晃着手里的书。郭雄正站在讲台上擦黑板，粉笔灰弄得满脸都是，他拿着黑板擦走出来。

“啥事？”

“书，你的。”我把书递过去。

郭雄眼光落在书上，脸沉了下去：“牛锋这东西，把书弄成啥了？我刚买还没看就非借不可……”我脸烧乎乎的，没让他再说下去。在我心里，书是最值钱的了，是金贵的东西，不容许别人损坏，如果是我，我也会生气，于是，我把书朝书包一塞，说了声：“我买新书再还你！”就走开了。

随后的几天，我满脑子都是《天方夜谭》，上课都心不在焉，有一天逃了课，走了几个小时去城里书店找到它，但看到它的价钱我就心凉了，手里那几个钱怕是连书角都买不到。

从此以后，我的脑子里就是钱了。我家屋墙上有个窑窝，平时里面总放着钱，我们姊妹几个不经父母同意从不动它，家里也从没有丢钱的事发生。“放上一块钱，一年都在那儿。”父亲有次对母亲说。然而，为了凑够买书的钱，他们的三丫头我，这会儿眼睛瞄上了那里。

这天，还没放学，我就先回了家。家人去地里还没回来，我叫一声好，提起门槛朝一边一放，瘦瘦的身子缩了缩，从门底下钻了进去。手伸进窑窝里一掏，妈呀，一大堆钱！大概点了点，差不多够了书钱，就装进衣兜，从门下面钻出，身上的脏土也不拍，飞快地跑到县城书店。

这次我不紧张了，神态自若地把新书还给了郭雄。

偷钱的事最终还是被父母发现了。由于害怕，父亲一声大吼我就觉得要杀了我，他用笤帚疙瘩在脊背上一抽，我就浑身一软坐在地上了。我使劲哭，毕竟父亲是头一次打我，虽然没感觉到疼，但心里有委屈和怨气。

“不要哭了听到了吗？”父亲喊。我不听，更加大声地哭，我想哭、爱哭就要哭，谁要你撕烂我的书呢！天都黑了，我还不肯住声，最后还是嫂子过来把我拉回房间。

把自己关在房里，我又开始哭。耳朵却在听家人的反应——我要让父亲后悔，后悔撕了我的书。我听见父亲在敲门，叫我吃晚饭。我把被子拿远，以免它挡住我的哭声。我大哭不止气噎喉堵，发觉父亲叹着气走开了，我赶紧停下歇了一会儿。等父亲再来敲门问我好了吗，我就又开始哭。

那一晚上父亲没睡，我也没睡。

第二天，我又接着哭。

“咚咚，啪啪！”父亲开始捶门，唤我的声音变了调。外面冷，父亲冻坏了吗？我暂停哭声，听见父亲叫我和他出去走走。

一街两行的人朝我看，我不管不顾，只是哭。外边不知何时下起了大雪，我靸着鞋，把雪踩得咯吱咯吱响。慢慢地跟着父亲来到村外，到了一座坟墓跟前。“莲，是不是爸打你太重了？这是你婆的坟，你要哭就在这儿哭吧！”父亲说完走到一边。发现他离开，我立马歇了哭声——其实早就不想哭了，我悄悄从指缝间朝外看，看那墓碑上的字，猜想谁给我婆立的碑，我没见过我婆，这会儿才知道她姓张。我尽管想着，想起父母为我着急的样子还是在心里悄悄乐了一下。不一会儿，从指缝看见父亲过来，我赶紧装成难过的样子，让哭声再次响起。

“莲啊，你怎么了呀？你不要这样哭了行不？你这样哭爸咋受得了？爸死了都不许你这样哭啊！”父亲用一只大手轻轻抚着我的肩，哽咽着说。我哭着抬起头，看见了他脸上的泪。父亲哭了！父亲还会哭？我那是头一次发现父亲竟然也会哭，多少年来，父亲都不曾流过泪，无论何时何地，无论顺境逆境，从来没有见到他流泪。这下我完全不哭了，只听父亲说，“莲，你是嫌爸不让你看书？嫌爸打你了？你知道你偷拿的钱是谁的吗？是你嫂子的，她刚娶进门，爸这次不管你，以后咋管这个家？再说偷拿钱绝对不是好娃，爸不是心疼那点钱，是不想给你惯坏毛病，即使家里的钱也不能偷拿，你不是说要上大学吗？这样怎么考得上……”

我没有和父亲一起回家，我让他先走。远远地，父亲不停回头朝我看，他一定不放心我。

那晚，我看到了父亲写在我笔记本上的话。父亲先是写在一张报纸的边缘处，字很乱，涂涂抹抹，好像是草稿，他喜欢看秦腔戏，那话就像是戏词：

姜莲芳（我用过的名字）个性太强

耍脾气全不思量

照这样继续下去

这一生如何收场

笔记本上的字整齐多了，一撇一捺都像一个帅小伙潇洒地挥动衣袖。也是四句：

心强命不强

万事看开想

糊涂实难得

冷静记心房

后来，我仍然爱看小说，对文学情有独钟。果然，上大学成了梦。而我的父亲，从那以后再也不反对我写作，以至于后来我的好多写作素材都是他提供。

父亲的离去，像是在我身上留下了一个大大的伤口，这伤口鲜血淋淋难以愈合。直到今日，我仍然走不出哀痛。

父亲，父亲，你在哪儿？感觉您一直没离开我，随处都有您，但随处都是失去您的悲伤。爸，我想您啊，世界之大，哪儿去找我的父亲？我对谁去说我的心事，怎么才能听您审时度势地为我出谋划策呀？难道，就这样没有了父亲？再也听不到您的声音见您的音容了吗？

“爸死了也不让你这样哭啊！”爸，我受不了，我不想没有您，我怎能不哭啊，爸？让我哭吧，就让我好好地哭，您曾说您有六个娃，就数我最不听话。小时候，因为我不肯穿姐姐穿过的衣服，没少让您生气，我犟嘴，我使性，气得您发火叫骂。

爸，当年淘气的女儿已经长大，要知父母恩，自己抱子孙。爸，女儿真是多少年，我把您怨；多少年，我怕和您说话。可如今，我明白自己错怪了您。您为把我养大，艰难岁月苦挣扎，积劳成疾身体欠佳，我看到您的黑发变成了白发，脊梁不再挺拔，看到您被岁月折磨得失去光华的眼睛，我心如刀扎，泪如雨下。

那年冬天，您嫌用手剥玉米慢，家里那么多活这么剥到啥时间，您还要去外地谋生，于是，您就用木棍砸玉米棒子，手背震得裂开了一个口子，疼吗？您一天不休息、不吃饭地割麦，用架子车拉麦，当您身体前倾把一个小山包的麦车拽回麦场，您饿吗？您累吗？

小时候，总听妈说面完了，可我那时不知道面完了是什么样子，因为我每次揭开面瓮，看见都有面。

那是人们进入梦乡时，您踩着泥泞的坑洼路把一袋袋麦子拉到磨坊，一夜辛苦，又把一袋袋白面往家里扛，您的腰疼吗？您累吗？

您清晨踏着露水，中午顶着太阳，晚上驮着月亮回家来，竭尽心力，无言个人。有人说，过了百日，您就算彻底离开我们了，爸呀！

咱村的护孝腿有残疾，你不止一次说过这个娃残疾，干啥都不容易。护孝的儿子用车将您撞了，吓得什么似的，好多人要将您送医院，您站起身子，拍打掉身上的土，摇晃着回家，自己买了药吃，怕母亲担心，您说自己摔了一跤。母亲信以为真，打电话给我们说你爸摔得很重。我们去看您，见您浑身是伤，都难过地抹泪，您却说：“不就摔了一跤吗，谁一辈子还不摔几回？”直到您去世，我们这些儿女和母亲才从当事人口里知道了这件事。

“爸死了也不让你这样哭啊！”爸，我不能不哭啊，大道理都懂，可是我说服不了自己，毕竟我的父亲是世上最普通却最伟大的父亲，毕竟我的父亲是那么疼我爱我，毕竟我的父亲不同于别人的父亲，他是独一无二的好父亲……

这几日是骨肉分离期，如同幼儿断乳期，难受不可避免，再也看不到父亲了，无论怎样，也控制不了哀伤。一直有个愿望，就是买房，哪怕小得只能容下两张床，只要没有噪音，我就接父母来住，给他们做饭洗衣，像他们抚养我长大一样精心照顾，伺候左右，让父母有一个安乐的晚年。然而，我却不能。父亲已经离开了我们，我自己仍连一个安全、安静的住处都没有，每天噪音灌满耳朵，一街的污水全排入我家屋下，房屋裂缝随处可见……

觉得自己很无能，活得很失败，没有能力为父母做什么，我应该好好惩罚自己才对。于是，我就出去找了一个绿化的活，每天在毒日头底下，尘土哗哗，晒坏了也不怕，黑了也没啥，一切苦果都是自己酿成的。

我爸常说，人就是要苦做甜吃。我想，父亲虽然平凡，但是在我心中，他就是天，我为了写作，没少惹他生气，这一生都愧对于他。他开始时，那么反对我写作，后来又以我写作为荣，还给我讲民间传说，让我多写反映百姓生活疾苦的作品，但，如今面对无家可归的村民，我却写不了一个字。

生命中再也没有了父亲，每当失意无助的时候，总会想起您，多么想跟您诉说心中的委屈。我知道，这一切都是不可能的。我非常崇拜父亲，在我的眼里，他简直无所不能。

父母在很多方面都几乎臻于完美，他们一生相敬如宾，恩爱无比。

父亲在众兄弟中排行十四，兄弟中比他大的比他小的都已离世。父亲年轻时脾气暴躁，老来虽然不轻易动怒，但他疾恶如仇，在邪恶面前历来刚正不阿。父亲的语言一直不乏诙谐幽默，思维总是很清晰。他生病时曾和来看望他的人开玩笑说：“兄弟们都提前去了天堂，在那边等我集合呢，我老了，就像掰了玉米的玉米秆，光秆在撂荒地里乱摇，长在哪儿都是白占地方，快挖了得了，没啥用处了，死了已不算啥不好的事。”

朋友胡萍和他开玩笑，说：“伯，我去看您给您带啥礼物好呢？”

父亲也开玩笑说：“带些香蕉和红薯，要不再带些安眠药，这几样东西我最喜欢吃。我一吃就揭瓦（方言，溜，这里指离开）了，不给娃娃添麻烦了。”父亲就是这么乐观幽默的一个人。

父亲，您的生命历程虽然结束了，但您的精神形象仍像一座巍峨的山留存在亲人心中，让儿女怀恋、铭记，做您的儿女很幸福，很骄傲。父亲，下辈子我们仍然做您的儿女！

擦干泪水，长歌当哭，释放那份无法抵制的眼泪，崇敬、感恩、怀念我的父亲，纪念这份永不磨灭的父爱，悼念这样的心情与情绪，给心灵以慰藉。

爸，请让我再叫一声爸爸，最亲爱的爸爸，最善良仁慈智慧的爸爸，天堂里无痛无忧、无尘世纷杂、无邪恶贵贱，但愿您在天堂安享清福，安息！

感谢有你

一

干爸是我十年前认识的，比我足足长二十六岁，姓陈，个子很高，说话嗓门很大，走路腰板挺得很直。印象里，他脚上的皮鞋永远都是锃亮的。

多年来，他总是以我的干爸自居。我却从不肯叫他一声，只称呼他“陈叔”。直到有一天，我想起叫他时，他却匆匆离开了这个世界，把遗憾和难过留给了我。

“干爸啊，我叫你了，你听见了吗？”然而，无论我怎样哭喊，怎样难过，怎样泣不成声，他都不能答应我了。他悄无声息地躺在灵床上，蒙在脸上的白纸把我和他隔在了阴阳世界的两端。

周围有人唏嘘，更多的人在交头接耳，无数双眼睛朝我看着。我却没有了平日的难为情，我毫不顾及人们的眼神，一声“干爸”自自然然、顺顺当当地从我的胸腔里冲了出来。“干爸——”

认识干爸是在那个夏日的午后，身材高大魁梧的他被一个瘦小的男子领到我的杂货店里，说是来感谢我和丈夫。

“我叫陈振海，专门代表厂里来感谢你们！”那时的陈叔周身收拾得清清爽爽，看起来很精神，说话铿锵有力，震得身上干净的白衬衫似乎也一抖一抖的。

得知他是那瘦小男子单位的领导，我和丈夫赶紧把他让进屋里，礼貌起见，我们顺口称他陈叔。“陈叔，您喝水！”

……

原来男子在几天前半夜行车，车不巧坏在高速路上，束手无策时，得到我和丈夫的帮助。男子说与陈叔，陈叔当下就要亲自上门致谢。我们的小卖店离西宝高速路不远，常有困在半路的司机半夜敲门要求帮助。我和丈夫不知接待过多少像他这样上门致谢的人，所以不久也就淡忘了这回事。

再见到陈叔已经是多年后了，要不是他主动提起过去的事，我们几乎认不出他来。陈叔的声音依旧洪亮，腰板依旧挺得很直，皮鞋依旧铮亮。好像还染了头发，干干净净的，看起来比实际年龄年轻一些。他说这回从广播上听到我的名字，开始还不相信是我，后来一听是葫芦村的才确定了，还发了信息支持，问我听到了吗。我说：“我知道。”

陈叔就笑，说：“你和那个主持人李宏，两个女人在广播里笑得咯咯咯的，把我都逗笑了。”

陈叔要了我的那本小册子《婚殇》，递了一张五十元的钞票到我面前，我没要。他硬要给，我坚决不收。我那时是想出书，可不知道出版社的门朝哪儿开，就先出了本小册子，就这也花了我和爱人整整积攒了半年的心血。我那时不懂书还可以卖钱，还不会把写作和做买卖联系起来，对所有上门要“书”的朋友从没要过钱。虽然后来为了做一个“劳动者”的节目，我卖过书，但那也全是想“体验生活”，体验“售书”的过程，根本没有我平日站柜台、摆小摊时的那种期待。陈叔就对我一再感谢，留了联系方式，说有什么事需要帮忙尽管找他。

陈叔的电话我没打过，却经常收到他的短信，大多是对我参与广播电台节目的点评（我那时是电台通讯员）和对我写作的鼓励。后来我也回短信给他，他总说我短信乱码多，看不清楚，干脆就打电话过来，把他看《婚殇》的感受也说了，说：“你写得那么真实，是不是写自己的事？谁编故事会编那么多曲曲道道？是不是老理对你不好？”

我说：“没有，那是小说，您看我总是喜气洋洋的，身上怎么会发生那些事呢！”

陈叔半天不语，他把手机递给了老伴，阿姨就在那边说：“有人跟我们说那书是写你呢，你叔和我心里都不好受，娃呀，你就说实话，我们看能不能帮你！”

自从我那本反映农村家庭暴力的小说《婚殇》“出版”后，我听到过好多人这样问过我，甚至有人写信劝我早些离婚。没想到陈叔也这样看。我赶紧说：“哪会呢？我可是歪媳妇，厉害得不得了，谁敢打我？您就放一百条心吧！”

阿姨仍然不相信，于是我把在电台做嘉宾时的那些话说给了她，我说三毛有一句话，人的第一部作品，往往不经意间流露出自身灵魂的告白，我流露了一点我的事，但只是一点点。我还把鲁迅先生的话也搬来，小说塑造人物，可以以某一真人为模特儿，综合其他人的一些事迹，如鲁迅用过一个人，往往嘴在浙江，脸在北京，衣服在山西，是一个拼凑起来的角色。人是用假借的方式，抒发自己的内心世界。

“那就好，你等一下，你叔要和你说话。”阿姨把电话给了陈叔。

我听见陈叔说：“不是写你就好，我们就是有些担心你！”

我们就这样慢慢了解对方，互相熟悉起来。

那年十一月，一位听友打电话说陈叔家里出事了，我这才想起很久没接到陈叔的电话。拨电话过去，他一听是我，直埋怨我换手机号码不跟他说。他说他女儿小茹就爱换电话号码，几天联系不上，却是走上绝路了……我听陈叔声音哽咽，心就软了，匆匆赶到他家里。原来小茹因为忍受不了丈夫的毒打服毒身亡，陈叔的老伴经不住打击，一场急病后落下了行动不便的后遗症。

陈叔躺床上正打着点滴，不见了往日的精神。我坐在床边看药液一点点进入他的体内，听他讲他女儿的事，心里一阵阵悲伤。一向刚强的陈叔提起女儿就泣不成声。他说：“小茹和你一样大，也和你一样能吃苦，那个畜生却老打她，她受不了就把我们老两口撂在半路上了……这娃也犟，处对象时我就看那畜生不实诚，一万个不愿意，她就是铁了心要跟人家，后来我让她离婚，她不听，甚至连娘家都很少回了。唉！也怪我，我一见她哭就烦，就骂她，让她不离婚就不要总跑到娘家诉苦……”陈叔说着说着，痛苦地摇着头，“现在说啥都迟了啊！”

“小茹，你怎么这么狠心！你走了好受了，我和你爸都咋受呀？”陈叔的老伴躺在一边放声大哭。

可怜的老人！我走过去拉拉她的手，也忍不住泪花闪闪。几年前，我也因为一点小事想不开而想过自杀。

我和丈夫定的是娃娃亲，但是我们俩总是说不到一块，以前他不高兴了就对我拳脚相加——记住，那是以前，现在他对我可好了。我脾气不好，那会儿受不了就觉得生不如死，觉得活着真是一种负担。真的想结果了自己，觉得这样大家都解脱了，都好受了！可我那时瞒着陈叔，一直对他和外人说我很幸福，他们大多只看见我的笑容。我想我一个女人，无论如何不能让人家知道我是一个挨过男人打的人，也许这种想法不对，可我就这样想，在心里一直坚守这个秘密！

现在，看着一病一瘫的他们，我忽然想起了我的父母，如果哪一天没了我，他们也会这样吗？我的心猛地疼起来，便借口去厨房打水，跑到那儿尽情地任泪水流下来。

当陈叔的儿子，那个胖胖的中年男子挽留我，希望我陪他们说说话时，我几乎没有犹豫就答应了。

“我叫陈刚，听我爸我妈说过你。你可以哟，年龄比我小三岁，娃却那么大了！”陈刚过来和我握手，本来有些忧郁的脸上出现了笑容，“我爸说你能行得很，给屋前屋后都盖满了房，还会写文章。你那书我也看了，写的就是咱身边的事，不错！”

我微笑着，始终不知道说什么好。我这人一听别人夸自己就觉得不好意思，甚至心里难受。我清楚自己绝没有那样好。多年来我一直很懒，我想如果自己努力了，也许还能做出些成绩，也就会对别人的夸奖受之无愧，就不这么心虚，也不会这么不自在了，可是，颓废多年的我荒废了大好时光，失去了好多学习的机会，“少壮不努力，老大徒伤悲”，这正是我的写照。

陈刚看着我说：“看得出，你很善良。我妹子刚没了，我想你会理解我父母失去女儿的心情。我的公司最近很忙，你先替我陪陪他们。”

我留了下来，像对待我的父母一样，经管老人吃药，给他们做饭、洗衣服、打扫卫生。

“帮助别人是一种快乐。”这话一点儿也不假，当看到两位老人脸上有笑容时，我痛快极了，心中的那份快乐真是无法言说。

“小兰，你太像我女儿小茹了，她和你个子一样高，一样都是圆脸，年龄也一样大，都爱梳个马尾巴头……”送我回家时，陈叔的老伴拉着我的手不停地说。

我把手放在她的拐杖上：“我会常来看你们的。等您腿好利索了，也到我们家来逛。”

二

一切苦难总会有尽头。冬天过去，春天来了。陈叔和老伴的身体都好了起来，老伴能丢掉拐杖慢慢行走了。他们的儿子陈刚的生意越做越火，不久就给陈叔买了一辆白色的小面包车。陈叔乐呵呵地开着车载着老伴满市区跑，也常常会把车开到我们家，嚷着让我擀面条给他们吃。

后来我去了西安打工，陈叔他们仍然常去我家串门，陈叔的老伴还会帮着我们料理家务。我爱人老理也说我不在家亏了陈叔帮着给我们的小商店拉货。我回家来总会看到老理正从陈叔的车上卸下一堆堆货物，这些货有的要从城西拉，有的在东边最偏僻处，有的则要跑城南，平时我拉一趟总会累得筋疲力尽。

看到陈叔一头大汗坐在那儿累得直喘气，我和老理都过意不去，要多付运费给他，陈叔却坚决不要，说退休金他们都花不完，不缺那几个钱，给我们拉货是想活动活动筋骨。陈叔说着看看老伴："你阿姨说我们只缺个女儿。你问你阿姨，得是这么说的？"

"就是就是，我们现在啥都不缺，就想有个女儿。小兰，阿姨和你叔想把你收个干女子，就是怕你不愿意。"阿姨呵呵地笑。我认为她在开玩笑，也就打着呵呵说一些不着边际的话。

谁知陈叔却认真起来，他拉过老伴："咱想认干女儿也不能这么就认了，得挑个好日子，摆上几桌，把小兰她爸她妈请来一块坐坐……"

我这才知道陈叔不是随便说的，马上脱口而出："哦哦，不行，我都这么大年龄，还认啥干妈干爸？人家笑话的！"我说的是心里话，当时心里就那么想的。

阿姨瞅我一眼："你多大年龄？咋就不能认干妈？"

我说："认啥干妈？不叫干妈干爸难道我就不能管你和我叔？我同样把你们和我父母一样看。"

陈叔看看我，仰头哈哈大笑："我知道小兰愿意，是不好意思呢。没啥，不叫就不叫，心里愿意认干妈干爸就行。"他又问我爱人，"你说我说得对不？你了解小兰，她就是羞脸大，跟生人说话都脸红，其实愿意就是不说。老理，你也愿意我们收小兰为干女子吧？那你也是干女婿了，你说是不是？"

老理点头。这么一段时间的交往，我们夫妻心里早把陈叔他们当亲人看了，私下里交换过意见，他知道我很敬佩陈叔。

农历七月初七，我村古会，我怎么也没想到陈叔会来，他说是想见见我的父母。可那天我父亲因为行动不便没能来，母亲要在家照顾父亲也迟迟没有到。

我做好了饭菜，见人家屋都来了亲戚，不见我娘家人来，心里有些不好受。陈叔大概看出了我的心思，说他过去的厂子跟我哥之间有过业务来往，知道我娘家的住址，说让我赶紧给那边打电话，他开车去接我父母。我说不用了，我可以打电话让我弟送过来。我嘴上这样说，其实心里明白，弟弟厂子事多，怕回家看父母都难，哪还会送他们来我家。我的话没说完，陈叔已经发动车走了。

吃完饭后，陈叔向我父母说了要认我为干女儿的事，我不等我父母说话就说我不愿意，说叫干爸太羞口，怪哄哄的。我爸就对陈叔说："娃不愿意叫干爸就算了，你没我年龄大，让她叫你个叔也行，平时有功夫就去看看你，也和认干亲是一回事。只要有心，也不在乎叫啥不叫啥的，你说对不？"陈叔半天才哼哼呵呵算是答应了。

从那以后，陈叔和老伴来我家更勤了，我冷了热了他们都会放在心上，甚至我咳嗽几声，都会着急地问我是不是感冒了。端午节、重阳节还按农村风俗给我追节，送粽子和大大的花糕馍给我。如果有事不能来看我，也总是会打电话过来，早上让我穿暖和，晚上催我早些睡，俨然是我的干爸干妈了。

一晃到了春节，晚上村里敲家伙，我爱人去了，我得留家里看店。去年有人趁机偷了我家店，今年我就在家守着，也过过写瘾和网瘾。

前几日听好多村民议论说今年没有陈杨寨了，怕热闹要不起了，但从今晚的锣鼓声听，还是挺热闹的。

陈杨寨离我家不远，村子拆迁改造，家拆了，村民暂时没有了住处，有人就找到我家。我见他们老的老小的小没地方过年，就让住下了。那一老妇人住下第一天就不断哭，声音凄厉，大年三十更是哭了一晚上，初一初二也不间断，像是被拆迁弄神经了。我知道老人是舍不得住了几辈子的老屋，老人说："要拆你就不要让人花钱盖，最起码也打个招呼说住不了几天要拆……房子修好刚装修了，花那么多钱……刚刚建好的高楼大厦也推倒了，说再建，那些人吃跑了撑得慌……好好的材料都成垃圾了，太糟蹋了！太浪费了！"

亲戚朋友都说让我把那妇人赶走，说她的哭不吉利，会坏了我家运气。几个干部也说她在诋毁拆迁政策，我就想把她赶走，我爱人也不同意她继续住。陈叔听说后劝阻我们，说："没事，就当行善，让老人安心住下，不要嫌烦，她也是没办法了，就让她哭，让她说，兴许她说得对呢，兴许拆迁真的伤了她的心……"

两口子打架是难免的，谁敢说他们夫妻不曾吵过嘴。我和我爱人几乎把吵架当成家常便饭了，你看，这不是，又吵开了。

我这人有个毛病，一生气就胡思乱想，总想自己怎么嫁给这样一个人，我快被他气疯了，不知道怨我妈，我爸，还是自己？

事情是这样的。

过完年，按以往的经验，各家的面粉蒸了包子和包了饺子剩下的就不多了，这就意味着又到了面粉热销的时间。我让老公电话“进面”，因为我最近感冒不见好，导致嗓子哑。他却不肯，理由是本大利小划不来！

买面的果真不断地来，德茂叔今天是第四次来了。我不想让他失望，就骗他说几天前就跟面粉厂打了电话，但是不见他们来，应该是今天下午来。他是店里的老顾客，买了蜡，打了油，就把面粉钱一起给我，说等来了送他家。我不愿意，主要是怕少收了钱我爱人责怪，因为我还不知道最近的面粉价格是涨了还是跌了。送走顾客，我就哑着声打电话，面粉厂说今天正好过咸阳。我自然喜出望外，原先我还想如果不能来我就先从别的店给叔送一袋去，因为叔要去城里的饭店忙活，家里只有病歪歪的婶子在家。

面粉送来了，爱人也起床了。他昨天在家里招呼打麻将的，打了一晚上，所以他睡得迟起得晚。德茂叔家不远，几步就到，但是他死活不愿意去给德茂叔送面。无论我怎么说，他都不愿意，说：“挣那点钱还要送吗？不准送，你就那么贱！”

我对陈叔说了我生气的原因，陈叔说我心好，替顾客着想这点没错，但要有计谋，换个方法让爱人同意才对。说如果对方实在不同意，我也不必生气。陈叔又找到他单独谈心，直到爱人心甘情愿扛起面出门为止。

德茂叔上门致谢，爱人不好意思地扭过头看我。我想了一会儿，才正儿八经认可陈叔的话。不知是我爱生气，还是我那位爱气人，我还是经常被他气得浑身发抖，这时就萌发了提笔写文的冲动。我姊妹几个均喜欢文学，姐姐高中时写的文章就小有名气，我伯父一手好字我们村子里都知道，而我怎么也没想到，我竟然嫁给了一个赌徒、烟鬼！ 而现在，我家如今一屋子赌徒，也包括我！更可悲的是，我无力选择，无法抗争！

心眼儿小似乎是我的弱点。我总以为嫁到这么一个烟鬼赌徒窝里，跟一个弱智的人过日子，连一句关心的话都不会说，是他把我害的。怀娃和生娃时他没关心过我，现在也不管，几乎弱智到极点。他们把我欺侮了，我咋能还要受欺侮？我气呼呼地想，整天郁郁寡欢。陈叔就经常开导我，我也是一时听他的，之后还是生气，我不可能像村妇那样到处说，只能找一个途径倾诉。我爱写作，但和作家不一样，我是气得死去活来之时才萌发了提笔写文的冲动。于是，我借三部所谓的小说狠狠地发泄了一回，写完了，舒服极了！

不管人家怎么说，我反正抖落了一身怨气。天生我材必有用，没想到我写的书还能卖钱，而且书卖出去能有反响更是我没有想到的，现在每天都有人电话跟我说我写的书，我都差一点儿把自己当作家看了。

可是，后来我却迷恋打牌了，一会儿不打都不行，我整天待在麻将场，文友劝也劝不住。我内心其实不愿意这样，但这样好像与村人接近了，也能带动店里的生意了。如此，我注定与文绝缘了。

陈叔是在午后来我家的，我和我爱人老理都奋战在麻将场。陈叔不说话，坐在一边等。场子一散，他见旁边没人了，开始训话，讲赌博的害处，好几次都要发脾气了，我们认了错，他给陈刚打电话，让陈刚给我买来书籍，让我生气了就看书。

后来我在书上看到一句话：“世间的苦乐都是有原因的。”嗯，这么说我现在的不顺以及遭遇的苦难不是上苍平白无故给我的，而是有原因，原因肯定是我做了什么恶事吧，也许是上辈子害了人。如果是这样，那我就该心平气和地接受惩罚，就像犯人入监改造，全部无条件接受？这么一想，就想明白了，不做怨妇了，又变回原来那个幸福开朗的女人了。

是啊，也许是自己小心眼吧！一件小事，放到别人那里也许就不会生气了。于是，跟自己说，以后遇事得先从自己身上找原因了。

就这样，每当我和爱人对某事意见不一致时，陈叔都会在中间调和，他的慈父心怀让我们终生难忘。陈叔常来家的那些日子，我们夫妻之间的战火大部分都被他扑灭了，有时战火还未燃烧，就被他扼杀在萌芽状态了。

然而，谣言打破了这种难得的和谐。有一天，村里最要好的朋友丽找到我，一脸埋怨地说：“小兰，你原先本本分分的，怎么变这样了？村里都传遍了，说你和那个老陈勾搭呢，我说，你就是要找情人也找个上档次的，怎么连老头都看得上？”

没过几日，二嫂把我叫到僻静处，一脸严肃地对我说：“那些城里人都是先假装对咱好，慢慢就对咱耍流氓呢，这个老陈帮忙是没安好心，你贵贱不该上当。以后不要让那老陈来接咱妈，让人家看见不好。他和咱家有啥关系？你那天凭啥让他接咱妈？”

丈夫的兄弟见了我也没好脸色了，仿佛我真的干了辱没他们祖先的事。“我们家祖祖辈辈可从没有人被指脊背，你跟人说是干爸谁信？你都老大不小的人了，和一个老汉来来往往，成啥样子？”

我惊呆了，陈叔待我如亲生闺女，真的有一种关心自己儿女的感情在里面，并且对我的期望也很高，他多次说过让我不要放弃写作，争取写出反映现实生活的好作品，让读者从心里喜欢，努力让自己的书走向市场，好让我爱人心服口服。我也能深切地感受到他把对女儿小茹的爱用在了我身上。我听阿姨说过，小茹最后一次回家是被陈叔骂出去的。小茹和丈夫吵架，心情不好回了娘家。

那天，陈叔回家正好看见女儿在屋里哭，他的心里烦，就说：“你过不成就离婚，要不离就不要整天哭哭啼啼的。”

小茹说：“我不离，我离婚那个妖精不住我家了？他们盼我离婚我就不离，我就是和他耗。”

陈叔说：“你怎么没骨气？既然没了夫妻情分耗下去也是你吃亏，他有外遇不爱你了你还和他耗什么？”说着他就开始发脾气，还骂了小茹几句。小茹回家去了，结果好几个月都没有回娘家，打电话也打不通，陈叔让陈刚去女儿家看过，说是小茹和丈夫搬到西安工地住了。陈叔以为那人和“外遇”断了，以为小两口和好如初，所以也没怎么上心，谁知不久就传来女儿因家事喝农药的消息。

陈叔觉得自己不该跟女儿发脾气，这也是他之所以这么难过的原因。阿姨跟我说过好多次，说陈叔思念他的女儿，老失眠，也爱生病，是个药罐罐，自从有了我，他不再失眠了，身体也好多了，阿姨说节省了一箩筐的钱。

看他们高兴，我也乐意做他们的“小茹”，何况那种呵护，那种无时不在的关爱让我倍感温暖。

可是，怎么会有这样的谣言呢？我去对谁解释，谁又能理解？又肯听呢？

这天傍晚，我在屋里忙活，店门外有一群人在说话，我听见我爱人说：“不要胡说了，那是小兰他干爸！”

“哈哈哈，干爸，还是干爸？怕是带引号的干爸吧？哈哈哈……”

他的声音立即被一群哄笑声淹没，有人大声嚷：“这年头干爸就是啥？啥是干爸？就是嘴子，老理，人家是你老婆的嘴子，你呀，傻得怕被人卖了都不知道呢！”

那一晚，我和老理吵架了，因为陈叔。老理说不准陈叔来了，店里就是没货卖也不要他的车拉。说他不想让人给自己戴绿帽子，再发现我和陈叔来往就砸断我的腿。

我是最清楚陈叔的，他善良正直，对我只有父亲一般的爱，我怎么能忍心说这些？怎么能说让陈叔伤心的话？所以，我没有把我俩因他吵架的事告诉他，只跟他说：“以后我打电话让你来你再来。以后我俩不一定在家，以免你来了扑空吃闭门羹。”

陈叔信以为真，乐呵呵地说：“只要你和老理好好过日子，干爸就放心了。”

那几天我的手机坏了，我也在外边另找了工作，很忙，所以好久没有和他联系。

2008年的冬季很冷，这天我回家，看到桌上放着一双棉鞋。老理不高兴地说是陈叔和老伴来过了，他让我把那双棉鞋扔了。我不肯，这时正好有讨饭的来，他随手就给了讨饭的。想起老人冒着严寒来看我，将温暖送到我冰冷的小屋，而且连饭都没吃一口，我顿时泪如雨下。

我和陈叔很少联系了，我的新电话号码没有告诉他，他常常打听我的情况，还四处托人捎话给我。而他不知道，这恰好让那些闲话有了依据，为那些谣言奠定了基础，人们认为我和他已经公开“相好”，好多人当我的面不怀好意地问：“你那个情人老陈最近怎么不来了？”

……

没人看见泪水在我的眼里，也没人看见我紧咬嘴唇。我的心里很难过，很想解释，但我纵然浑身是嘴也没办法说清。我的心情糟透了！

有一天，我正走在回家的路上，村口一群人中不知道谁说了句什么，大家忽然看着我哈哈大笑起来，站在人群前边的六十多岁的樊婶笑着跑到我跟前，把我衣服一拉一扯，问是不是我干爸给买的，说我脸红红的，是不是让干爸亲过，还阴阳怪气地问我怎么没坐干爸的车回家。

她把干爸两个字咬得很重，表情怪怪的。当时我心想，自己怎么就要乖乖地让她糟蹋！“我让你胡说！我让你胡说！”我一时火就上来了，胳膊一轮，一巴掌上去打在她脸上，又一拳打了过去，那女人捂着脸朝后倒去，身子跌在身后那半截楼板上，杀猪般大叫着……

那半截楼板刺出来的钢筋伤了那女人的腰，她住了医院。她男人到我家大闹。老理受不了，便朝我发脾气。我更委屈，也朝他发火，我说：“老理，你怎么就信了人家的话呢？你即使不了解陈叔，我跟你多少年了你还不了解我吗？人家那样说我，我看我今天打她手轻了，这件事你别管……”

但是，事态的发展远不是我能想到的，当樊婶的儿子及女儿、女婿来闹事时，我不能不让老理管了。老实说，他不管也不行。那些人气势汹汹，砸了东西，老理也伤得不轻。

事后老理说：“没看出你还是个泼妇……人家说啥让他们说去，你打人家，咱损失也不小，划得来不？”

我算了算，药费和砸坏的东西不少，损失是够大的，于是鸡啄米一样点头：“哦，对，的确是划不来。”赶紧讨好老理，并当场保证，再不和陈叔说话了，免得人家说闲话，也不和人家打架了，就是舌头根子想把我压死、唾沫星子快把我淹死，我都假装没感觉。

陈叔联系不上我，不知道从哪儿打听我常上网，有博客，不久就让儿子给他买了电脑，建了博客，还装了个方便打字的软件，学会了打字，并加我为好友。

三

至今我都无法想象陈叔是怎样学会发博文的。

“……我这么大年龄上什么网，还不是不放心你！看能不能帮你，趁我还有一口气，能出多少力算多少。我已经看到记者写你的文章，就不要再瞒着我。你已经被耽搁一回了，再这么下去就完了啊！你不和我联系，我就只有学上网了。”这是陈叔发给我的第一个纸条。

“你把你照片发一张给我，我让儿子加洗出来，我和你姨想你了就拿出来看看。”这是他在博客发给我的第二个纸条。

这个好办，不是难事。女儿总是埋怨，小时候没给她照过相。女儿和儿子生下来可爱极了，如果留下相片够他们美一阵子了。我如今看到人家的孩子，想起我自己的孩子小时候的样子，有点儿后悔没给他们照过相。并不是我不想照，是没钱。现在最大的变化就是有钱照，可以不花钱照，我每次出门，回家都会有一沓照片。我也很看重这些照片，知道买照相机是一件奢侈的事，就把照片保存下来。我在当中随便选了一张给陈叔。

接着陈叔不断留言给我，说他关注的人里面有很多是有学问的人，希望我常去他们的博客学习。我也深感到陈叔的一片良苦用心。

不久，我在城里找了个站柜台的活。每当我去上班，路过村街时，村里那些女人总不怀好意地笑，问我：“你还走路？不是有个干爸接你吗？”

我虽然嘴上和她们嘻嘻哈哈地应付，心里却埋怨陈叔，发誓以后不要他来我家了。

我的一位老师是受过高等教育的，可他也对谣言深信不疑，他说：“你当心那人是潜伏的色鬼。”也有部分人不怀好意地指指点点，让我心里很不是滋味。

村里要好的姐妹不和我来往了，她们说：“你如今一名二声的，弄得谣言四起，让我们都跟着一起挨骂了，你不嫌丢人，我们还嫌，你要和那人来往，就不要和我们来往了！”

我二嫂子以为我不听她的话，她说：“想坐车你尽管说，咱家有的是车，大的小的你随便挑，你兄弟的车还不比那老头的破车好？和那老头来往你也不怕降低你的人品？”

我忽然觉得热血沸腾，找到陈叔张口就说：“你不要到我家来了，我早说过，我不会做你干女儿的。”

陈叔脸色变了，吃惊地问：“小兰，你怎么说这样的话？”他越问我越烦，我哭了，实际上如果不是怕流言，我真的不想失去他的呵护。

人言可畏啊！

阿姨不幸病逝，陈叔给我报丧后，老理说：“算了算了，陈刚如今是暴发户，陈叔不像过去一样需要你照顾了，咱就不去了。”

我的那位老师说：“老理说不去就不去吧，为别人家的事弄得你俩不和就划不来，还是不去好。”

我听了他们的，阿姨葬礼那天我没去参加。

四

老理有天忽然说，不反对我和陈叔来往了。

陈叔好像发现我对他态度冷淡，所以他来的次数少了。他人瘦了，脸色也越来越不好，明显老了下去，腿脚似乎也不灵了。老理问他是不是身体不好，他点头，但很快又笑着否认了，说他啥都不好就身体好。

菊花节前夕，我和朋友在城里聚会，我发现自己老打不起精神，走几步就要坐下来休息。这几天我早出晚归，回家还要照看小卖店。我觉得太累了，所以就和朋友分手了，自己坐了一会儿。

我好容易上了公路，坐在公路边昏昏欲睡。也不知道陈叔是怎么发现我的，他的车停在我跟前，问我：“怎么坐这儿？也不怕人家笑话，快起来！”

“我等一会儿走，你先走吧。”

他来扶我，我推推他，可是自己却半天站不起来。我挣扎着站起来，朝公路上看着，我想挡辆车。

陈叔拉我上车，说：“这么晚了，最后一班车刚过去，快，我送你回家！”

我没力气抵抗他，于是便坐在车里。我浑身发冷，很不舒服，车一颠簸就更难受了。陈叔看到我难受的模样，便停下车，手伸过来就要挨到我的额头，我赶紧躲开。

“我看你脸色不好，是不是生病了，发烧？小兰你病了？”

我下意识摸摸额头，确实很烫手，但嘴里却说：“没有，我就是很累，你不要管这些。赶紧帮忙让我回家，我不会少了你车钱的。”

车开了，陈叔回头看我：“说胡话呢，你怎么了？”

我觉得他的眼光和以往的不同，多了怜惜，就像小时候手割破了，我疼得哭，我爸看我时的眼光一模一样。“谁让你关心我的，你算我什么人？”我说。我心想，绝对不能让他这样看我了，天黑了谁知他会干出什么事来？

耳边响起朋友们说的话，我对陈叔的态度骤然降到零度，便就开始不顾一切地乱发脾气："你坏了我的名声，我要下车，停车，让你停车！"我使劲拍玻璃，动手要开车门。

车没停稳我就下了车，然后头也不回地朝一个窄小的巷子里走，我想那里车不容易开进去，陈叔等不见肯定会开车回去。甩开他后，我再打的回去。

我的头晕晕的，感觉自己在飘，于是又摸了下额头，很烫。我走走歇歇，顺着巷子拐了一弯又一个弯，心想，这下陈叔找不到我了。谁知刚走出巷子，他竟然还在那里等。

"你，你怎么还在这儿？"

"我知道你对这块不熟，那胡同里没车，你从那儿进去还会从那里出来。小兰，别犟了，太晚了没公交，干爸送你回家，你今天病了……"

"不，我就不相信这么大个咸阳市就没我坐的车。我不坐你的车，你知道我们村里的人都说我啥难听话来？……你走，你算我什么人？你缠着我干吗？我想坐什么车就坐什么车！"

"小兰，你怎么这样说？我是你干爸呀，我能把你怎样？你怕什么？"我怕别人的闲话啊！人言可畏，舌头犹如三尺剑，"那干爸送你到村口，不进你们村该行了吧？你生病了，这么晚，我只想把你送回家。唉，你咋这么犟？唉！唉！真是的，怎么能让你相信我呢？真是的！"他急得把双手在胸口抖动着，仿佛想一把掏出心来给我看。

"不行，你不知道，你来我家一次我就得和他们吵一次，生一回气，他们说我，说我和你……算了不说了，难听死了！"

陈叔惶惶地看着我，突然一阵仰天大笑："怎么可能？我和你父亲年龄差不多，怎么可能？我走得端行得正，谁要说啥谁说去！唉！关键是你，我就是为你着想，怕你两口子闹矛盾，怕你想不开做傻事！”陈叔点了支烟，沉思着，好一会儿才说，“好吧，因为这个的话那干爸也能想到你的处境，你那农村人事多，什么都有，不去就不去吧，嘴在人家身上长着，你怕人家说闲话。那我就不去了。”

回到家，老理正在店里卖货，我不看他，直直地进了屋，我实在太累了，就倒在床上。对于我来说，这时坐起来都是奢望。

晚上十二点过，儿女下了夜班，牌场散了场，老理关了店门回房间。他用体温表给我量过体温，说我发高烧。带我去诊所，却半天叫不开诊所的门。

儿女也都睡不着了，他们翻箱倒柜也没找到一颗退烧药。他们一急，就要送我去县城医院。我浑身难受不肯起来，这时老理突然想起什么似的，他跑向前院的小卖店，拿回来一大包药，女儿从中拿出退烧药让我服下。等我好些了，老理才说，那些药是陈叔晚上送来的，他说下午见我，好像我感冒了，他这儿正好有药，路过就送了过来。

老理说：“我当时正在街道上和人说话，一打岔把这事给忘了，现在好了，多亏陈叔的药。”

我问：“陈叔的车那么大难道你也没看见？”

老理回答：“没见车，真的，就是见他走来的，一瘸一拐的，好像腿出了毛病。”

我在心里涌出许多感动。我知道这几年陈叔腿脚有问题，骨质增生很严重，但为了我的名声，他把车停在村口徒步走过来的。

啊，我的陈叔！

五

我小时候不叫兰芳，上学时老师听错了音，误叫我兰芳，我也觉得兰字比以前那个字好写一些，就把本子上的名字改成了兰芳。

亲戚知道后都变了脸，说："这个敢叫？和你妈连着，不翻了天？看你妈不锤了你的皮？"

我听了就害怕，因为我母亲名字中有个"兰"字，我们那儿很忌讳和长辈连名字，晚辈的名字绝对不能与长辈的名字相同，有谐音字、同音字也不行。没料到我母亲知道后，只是问我为啥要改名字，我说了后，她说："你既然喜欢那就叫吧，名字是自己起的，我就不信和父母连名天就塌了！"母亲说她五岁前都没有名字，早些年大家喊她外号，后来隔一段就换个名叫着，再后来人家要起个观名，自己就随便起了现在这个名字。

"你叫兰芳就兰芳吧……"我父亲也说。

在人们认为我和陈叔关系不正当时，我的父母却始终相信我，他们不反对我和陈叔交往。那一天，姑姑把听来的传言说给我父母时，我原以为他们会教训我。因为他们对我很严格，男女关系上更是严格。然而，他们这次却一点儿训斥的意思都没有，只是说："那个老陈是个好人，你隔几天去看看他，就把他当干爸看，怕什么？他失去了女儿，现在又没了老伴，也是可怜，你做好吃的就给他送一些过去，穷不了你的……"

没想到啊，这世上最理解我的竟然是我的父母！

不久陈叔生日，我父母和陈刚一定要让我去。带着母亲做的礼馍和生日蛋糕去祝寿，寿宴上，陈叔向来宾一一介绍，说我是他的干女儿，叫小兰。亲朋打趣，让我喊陈叔一声干爸，“快喊，喊你干爸生日快乐。”我想叫，可想起那些流言蜚语就怕了，嘴涩得就像吃了没熟的柿子，喊不出来，支吾了半天，还喊他陈叔。陈叔没答应，有些尴尬，他只是喝酒。似乎他喝多了，好几次叫我“小茹”，陈刚过来拉他说：“爸，你老糊涂了？那不是小茹。”

陈叔像是清醒过来似的，摸摸头：“我没糊涂，是小兰，小兰把我叫干爸，就是我女儿，和小茹一样的。”

陈刚提醒道：“爸，没有小茹还有我呢，你缺啥我都给你买。你看有几个老人像你一样，出门开着自家的车？这多好？你怎么还不满足？”

陈叔不说话，只是喝酒。我递给他一杯茶，换下他手里的酒杯，陈叔不接茶，却又夺了酒杯。

他醉了，模样很是痛苦，口口声声喊“小茹”，一会儿又看着我，像小孩一样呜呜地哭，说：“我知道你不是小茹。你怎么会是小茹呢？你连一声干爸都不敢叫，你干妈死了你都不来，我还指望你怎样呢？小茹，你怎么那么傻？小茹，爸对不起你，爸不知道我娃心里苦，小茹，爸的乖女儿呀，你身上的伤还疼不？有没有服药啊？小茹，爸想你了……爸要护着你，再不赶你和那畜生过日子了，你就天天住咱家里爸也不嫌，爸护着你不让谁再欺负你……”他哭一会儿小茹又哭老伴，“你怎么舍得把我一人撂世上？你总说小兰和咱女儿一样也遭受家庭暴力，你总说让我好好护着她，可是……”陈叔的声音沙哑，听起来很伤感，我不禁哀从中来，不由自主地哭了，我说：

“叔，你不要这样难过了！我虽不叫你干爸，但我一定会像小茹一样待你，把你当成我的亲爸一样。”

陈叔没听见一般，让陈刚扶他回房休息，我要扶他，他挥挥手，嘴里咕哝着：“让你哥扶！小茹，哦不，小兰，你是小兰我知道。小兰，你这娃，咋说呢？好是好，就是不善解人意，我把你完完全全当亲生闺女看，实心实意爱护你，虽然也骂过你，可那是恨铁不成钢！我没有任何恶意，请你了解我。理解我的苦心。日月可鉴，我不是坏人，我也不是有意让你不高兴，如果有的地方做得不好，请你谅解！我真的把你当小茹了……可你怎么那样任性？那么怕流言蜚语？天理良心啊！不说了，不说了！ 陈刚，你给爸把那半瓶酒放好，我一会儿还喝。”

陈刚安顿他睡下，就说时间不早，让我早些回去。想着西安那边有事要办，我也就离开了。

六

刚到西安，手机铃声突然急骤地响起。是陈刚打来的电话，他的声音很焦急，让我快到咸阳来，陈叔病了。

“他是你父亲，你这几天也不忙，就好好照顾他，让我回去干吗？”我不加思索就说。

“要不是我爸让我请你来，我才懒得给你打电话。我就问你有没有人心，亏你还是写过书的人，赶紧来！”

西安到咸阳的K630路车拥挤不堪，陈刚不停地给我打电话，问我到哪儿了。后来由于车上嘈杂，拥挤，他不停给我打电话，所以我的电话就一直响着。

我预感到了什么，想想这么多年陈叔待我不薄，对我始终如亲生女儿一般，大多时间给父母说不出的事都给他说了，而他从不嫌我烦。电话也总是挂了给我打过来，怕我掏电话费。

我们的家从苦难走过，经历苦难后越发和睦幸福，这中间离不开陈叔的帮助。想着想着我心里酸酸的，想哭，觉得自己愧对陈叔，想着马上见到他。我想我就当他的干女儿又如何？管别人说啥，谁爱说啥说啥去，我这次见了他一定叫他干爸，他不知会高兴成什么样子呢！

下了车，外面不知何时下起了雨，落在身上凉凉的。雨中景物看起来一片凋零，以前茂盛的树木现在大多都剩下灰色的树干和树枝，地上落了一层树叶，以前的繁华扑了一地，被踩被踏，让人觉得好凄凉……

我坐在出租车上着急忙慌地往陈叔家赶，但是到了却发现门上锁了，拨陈刚的电话，话筒里传出陈刚的哭声，老人已于半小时前在医院离世了！

“没想到……早知道绝对不让他喝酒的……”陈刚见了我泣不成声。

自从阿姨走后，陈叔的身体就不好，让他去看医生，他总不去，没想到是心脏病，加上血压高，过量饮酒就这样让他去了。

听到这个消息，我泪如雨下。这是第一次叫陈叔干爸，也是最后一次叫了！为什么人总是失去的时候才知道珍惜？

我听见周围没有了议论的嘈杂，取而代之的是一片哭声！

“你的恩情我永远都不能忘记的！作为你一生宝贵的精神财富来激励自己，警醒自己！”父亲说。

看着遗像上陈叔安静微笑的脸，我在心里说：“走好，干爸，一路走好！”

珍惜眼前人

昨晚有梦，现在犹记得。奇怪，像看一场电影一般，故事情节很完整。

我梦见儿子好像只有五六岁的样子，开始好像听见远处有轰隆隆的响声，我自己待在院子里，旁边有许多不是很熟悉的面孔。我问："啥响？"

一个妇女说："娃跌井了，你还不知道？"我跑去看，见好多人在那里，好像说有个女人能下井救娃。不知怎么回事，好像还听说跌井的是我儿子。

梦就是这样，总是似是而非的。可梦里从未见过也弄不清井是什么样子。我哭着求那个女人快点儿救娃，那女人却不紧不慢地踱着方步。我急了，用手挖地，一会儿挖了个大窟窿，就见五岁的儿子闭着双眼躺在那里。

大家都涌上去看，见儿子脚边还躺着一个年龄相仿的女娃。有人说："这碎女子也跑这儿耍，可能是来咱这地儿耍不知道回去了。"

我说："从没见过这女娃。"我发现儿子开始呼吸，就高兴地说，“我儿子活着，快救他出来。”我抱起儿子，让他和我一起给那女的磕头，我痛哭流涕，一边磕头一边说感谢她的救命之恩。这时，身后有人说话，好像是说：“你不要磕头了！”

这个梦到底预示着什么呢？村里神婆解梦说：“跌井就是你娃有难，旁边有女娃说明他有早恋倾向。”

我不嫌儿子调皮，早恋也不想多管，生死事最大，只希望他平安地活着。儿子一米八八的大个子，刚十五岁，长得帅气端正，肯定有女娃喜欢。让他恋去，谁要他那么逗人喜欢呢。解梦的还说，“跌井肯定也是丧爸或丧妈，是父母有难了。村小组长梦见他爸跌井，几天就没他爸了。”我一听害怕了，我的身体一直很棒，绝对不会有事，难道说我那位有难了？那可不行，儿子不能没爸，我也不能没丈夫。那我得好好爱护他了，好，从今起我就守着他，不许“难”接近他，给他做好吃，给他捶背洗脚，他就是打我、骂我，即使再不好我都不嫌弃。

不知道在哪儿看到一句话：“发现你对一切懂得珍惜的时候，也是你觉得幸福的开始。”我珍惜，我幸福，从现在开始吧！

地　震

一

今天是星期一，大家各忙各的，似乎和平常没有两样。

可下午两点左右，我却感到一丝异样。

那时我正在厨房收拾碗筷，忽然感到整个人站立不稳，地下似乎有什么东西在不停地朝地面上拱，好像还听到远处有声音传来，以为是哪儿施工影响的，后来又以为是“天上过来了大飞机”——小时候听大人说的。于是抬头朝窗外的天空看去，天空没有变化，还是原来的天，只是院子里晾衣服的铁丝大幅度地摇摆着，牵着晾在上面的衣服疯狂地跳舞。小狗欣欣身子向后退，然后勉强站在那儿，惊慌地扬起头向空中张望。我感觉眩晕感越来越强，于是扶着锅台，锅台好像朝一边倾斜，挂在绳子上的灶具左右摇晃，互相碰撞发出叮叮当当的声响。意识到情况不对，我赶紧出了厨房，刚到院子里就听门外有人喊：“快出来。地震了！”

街道上站满了乡亲们，有人说："好几年都没地震了，还没想到呢。"

大家向刚发出响声的地方看去，原来是张家门前的一摞砖倒了，另外还听说村东有几家正盖的房也塌了。那几家要拆迁，听说盖好后就要拆，想着好歹能多补些钱，免得以后住人家的房受煎熬。

盖房不为住人，就草草地盖，楼高质量不高，肯定经不住"震"，还好没伤着人。

事后才知道，2008年5月2日下午14点28分，四川汶川发生了7.8级大地震!

不一会儿，家里座机都响个不停，全是朋友的问候。

女儿也从市里打来电话说，大街上电杆都快倒了，手机没信号，只能打座机。好多单位不上班，学校暂时不上学了。

二

小时候我也经历过一次地震，至今还心有余悸。虽然那时的我没有感觉到震感，但着实受惊不小。

那是1976年，我们咸阳也受到唐山大地震的影响。

记得有天半夜，我被一阵喊声惊醒，好像说是地震了，迷迷糊糊地从炕上爬起来，听见生产队的"铃"急剧地响个不停。那时我七八岁，知道除了分派工作外，只有发生大事铃才被敲响。我还没来得及穿衣服，就被姐姐一把拉下炕，只穿了条短裤就往外跑。

出了屋门，外面一片混乱，小孩在哭，大人在叫，有的还在骂人。村上大喇叭不厌其烦地高喊着："社员同志们注意啦。"队长挥动手臂，指挥大家向学校操场转移，人群惊慌地向前移动，焦躁的样子好像大祸正追来，好多人被挤倒了，半天都爬不起来。

操场上黑压压的一片人，我的好多伙伴衣服都没来得及穿就被父母拉来了，有的还在哭呢。

大部分人顾不上穿鞋，操场边上有好多"刺岭狗"（野生带刺的植物），不小心扎在脚上，疼得他们哇呀呀乱叫。我听了心里更加紧张，对地震越发恐惧。

之后我们几个伙伴不约而同都不肯住在家里，哭闹着拿上麻袋或席片，想要在操场上过夜，家长只好在操场一角用玉米秆搭了一排防震棚。

又过了几天，一天中午，我在十娘家吃搅团，猛然听到街上有人喊："地震了，快打铃！"听到这声音，我一惊，手中的碗随即落地。

铃声又一次"当当当"地响起，十娘从后院冲出，正在洗的头发滴着水，好多乱发扑在眼前。"咚"的一声，她被什么绊倒了，头磕在墙上，她用手摸了一下，很快站起来又跑。我告诉她，她的胳膊流血了，她也不管不顾，一边拉着我往外跑，一边喊跟在身后的堂哥："不要命了，跑那么慢！"

……

其实我根本没感觉到震感，连吊在半空的灯泡摆动都没见到，但那时我不知道为什么害怕极了。

……

岁月会带走很多记忆，留下的是真正带给我们心灵震撼的东西，相信我们这些承受短时间震感的人们，真正忘不了的是那种熠熠生辉的人性力量，是人与人相互靠近、相互温暖、众志成城、共渡难关的那种精神！

三

已是5月20日，大地震过去已经一个星期了。人们还没有放松警惕，时时都在防震。

半夜一点。门外，人声嘈杂。电话响了，朋友说要地震了，他们那儿的人现在都在广场上集合。

不是说咸阳近来没有大地震吗？

好多人在打我家的门，好多声音在喊："快出来，要地震了！"打开门，见街坊四邻聚在一起大声谈论有关地震的话题，还有人夹着被褥去地里睡。菜地里有庵子，新式蔬菜塑料大棚里也可以容身。女儿田家堡的同学打电话给她，说她在阳光路上，此时很想和女儿在一起。

我送女儿去阳光路。街上开始安静下来，三轮车被推出门，人们躺在上面休息。

回来时，我听见街上鼾声四起。

庄稼人的爱心情结

早早起来，洗漱完毕，就准备去趟娘家。

娘家不远。

娘家人以种田为生。娘家人不光爱土地，也爱听广播、看报纸。

父母知道汶川地震了，跑到公用电话亭给我打电话。他们没打过我的电话，竟拨错了四次，人家说："你打错了吧！"

终于打通了，父亲说："兰，也捐点钱啥的，这是善事。那些人可怜呐！得帮帮他们！"

电话这端的我早已被父母感动，又想起新闻报道里那一幅幅惨不忍睹的画面，不由得泪眼模糊。我在使劲点头，可他们看不见，还在说："谁没个难处？谁家门口挂着无事牌？……你四哥捐了四百块钱，咱村老汉的老婆正耍花花牌，听说支援灾区，哗一下都回家取钱，把赡养费都捐了，娃呀，帮人其实是帮自己……"

挂了电话，习惯性去街上买了张华商报，见上面写着"三天零售报款全部捐给灾区"，毫不犹豫走过去将身上十九元零钱都买了报纸。卖报纸的人说："谢谢你的爱心。"我没有说话，眼睛只瞅着报纸看，报纸上的故事让我的眼睛又一次湿润了。

今天我不仅是去看父母，也想顺便把这些报纸拿给娘家人看。

娘家村的土地永远是肥沃的，娘家村子的人更是勤劳，一大早就有好多人在地里忙活。

几天前才娶进村的新媳妇小炎竟然也在地里，裤管高高地挽起，猫着腰，砍着菜花。她那红扑扑的脸蛋，好看的腰身一扭一扭的，红衣服格外引人注目。我走到她跟前，发现她脚上沾满了泥，就问：“菜花这几天很贵，抢价钱吧？这地都是湿的呢！”

小炎抬头，见是我就笑了。接着把衣袖往上挽，两脚往畦垄处快速地挪动，在干土上蹭着脚上的泥：“噢，昨天才浇的，本来再等几天的，可今天……就怕错过了机会。”

那边有人叫我，转身见是大嫂。大嫂很费力地扛着一大袋蔬菜走向路边的三轮车，袋子可能很沉，大嫂累得直喘气。

袋子从大嫂肩上朝下滑，“嗵”地一下就跌进三轮车里，带着露水的莲花白及顶着黄色花蕊的水嫩黄瓜从袋子里滚了出来，大大咧咧地躺在车厢里。

我说：“嫂子，你裤子湿了，衫子上满是泥，赶紧先换了。”

大嫂摆摆手，大口喘着气：“不了，得马上拉回去，迟了车装满了……跟不上了，你慢慢走，我先……”不等我问出第二句话，她已经跨上了车，回头朝我抱歉地笑。

村口，一辆满装蔬菜的大卡车停在那里，旁边围满了人，车上的条幅告诉我，这是要运往灾区的。

好多人举着菜筐在向车上那个后生央求：“腾块地方装上。”

后生似乎很感慨，他说：“平时掏钱收菜也没这样快过。”

大嫂的菜被装在一个筐子里，和众多菜摆放在一起。

大嫂长舒了一口气，用手擦脸上的汗，然后过来拉我的手，说：“差一点儿迟了！能装在车尾巴也好。多亏咱起得早。”

我不解地问：“一大早菜就收满了？昨天开始收的吗？上面的蒜薹、大蒜好像咱这里没有？”

大嫂把车头摆正：“嘿，昨晚才放出消息，今早车才来的。咱村好多人地里菜少，昨晚专门去市场买的。都说捐点啥心里就踏实了，其实咱屋里还有菜，咱妈嫌不新鲜。”向家走去，一路上都有人急匆匆去“捐菜”。

有人和我打招呼，我就抽张报纸给他看，总有人会说：“看了就想哭。”

父母见我来自然欢喜。母亲拿着报纸看，看到一张解放军把幸存者小心翼翼放到毛毯上的照片，母亲说：“有难了，解放军就来了！1957年发大水，就是解放军把我背过水，解放军真好！”

父亲说：“人在难处给一口，胜过平日给一斗。善事多做好！.”

我说：“我知道这些。”

我说：“我也捐了钱。我去献血，人家嫌我贫血，不接受。我给朋友发信息说，如果去救援，一定叫上我，我能吃苦！”

……

要回去了，母亲送我出门。小峰哥拄着双拐一瘸一拐地走了过来。

母亲说：“他和媳妇虽然都是残疾人，这回要捐钱，谁都挡不住。”

小峰哥听见说他，把拐杖收了收站住，笑道：“遭那么大的灾，谁看了不难受，咱捐了一点，太少了。”

爱的行为，能感染万众，有爱就有感动，我的鼻子酸酸的，带着满心的感动离开了娘家。

不远处，就是我的家 。

风吹来，把村里大喇叭的声音吹进了我的耳朵，我听见那是在读捐款人名单。

我听见了我的名字。仿佛看见有一朵花向我开放，那是我最喜欢的花。我的心情特别好。

原来，帮助人也会这般快乐啊！

我抬头，看到满载爱心的车在家门口的高速路上飞奔，车厢上“一方有难，八方支援”几个字让我感觉到一股感天动地的力量。

“恻隐之心人皆有之。”灾难当头，我的父老乡亲以朴素的方式，为灾难中的人们奉献爱心，这种爱是无法用金钱和物质衡量的。

晚风徐徐吹来，村委会的灯光还在闪烁。我看见，村民们还在捐献爱心；我听见，村民们在为灾难中的同胞祈福。

握在一起的手

父母一天天老了，我只要有空闲，必带上好吃的去看望他们。

在村口下了车，越过街道上一堆堆闲聊的人，我拎上礼物，朝水泥路那头的小屋奔去。

仍然有人和我打招呼，仍然是那千篇一律的一问一答。“兰，看你爸妈来了？”

“哦！”我只想着忽略他们，便心不在焉地勉强应付，甚至没看清问我话的人是谁。

我何尝不想和娘家门口的人多说话啊，可我不敢，我知道那堆闲人里面一定有我的伯父或他的家人，我们两家已经不来往多年了，我很怕四目相对时的尴尬。

伯父一家原来住在城里，八年前才从城里迁回，和我们住一条街道。家的距离近了，却并没有让彼此的心靠近。

伯父今年九十八岁了，比我父亲大十一岁。我父亲先参军后入党，他加入共产党那一年，伯父入了国民党。伯父先是被国民党抓了兵，后来去了中国台湾地区，婶娘等不到音讯，在我父亲的建议下改了嫁，谁知她刚改嫁伯父就从台湾回家了，和婶娘抱头痛哭。伯父后来被政府安置，在城里有了新家，和后来的妻子虽然很恩爱，但却时常埋怨我父亲不该出主意让他“失了先房”，和我父亲之间经常为一些小事闹分歧，渐渐有了隔阂，关系越来越糟，甚至形同陌路。我曾目睹伯父当众辱骂父亲，伯父激动时竟拿两人的立场说事，气得父亲脑出血住进医院。父亲出院后，我们姐妹有点仇视伯父了，偶尔街上见到他，也是不理不睬。

近年来，我们发现伯父以往凶巴巴的样子没有了，看我们的目光里也多了份慈祥与柔和。他常常会站在我家门前，久久地望着那扇为他紧闭的黑漆大门。伯父和父亲一样，都老了，看他病痛缠身，步履越发蹒跚，我也希望我们两家和好，我把这想法告诉父亲，父亲总是沉默不语，随后摆摆手。军人的硬气和倔强性格使他不愿轻易向谁低头，即便对方是他的兄弟。村里人闲聊时有人说，我爸和我伯父这一辈子都没有和好的可能了！

“妈，爸，开门。”娘家到了，我轻叩门环。侧耳细听，啥也听不到，躬身从门缝里朝屋里看，没看见父母的身影。猫起身子，却看见伯父不知道什么时候站在我面前，他扬起拐棍朝门上一下下地敲，口里喊着：“三娃子！兰来了，给兰开门呐！”

门“砰”地打开，父亲一下子从屋里走了出来。伯父柔声唤着父亲的乳名，手伸上去在父亲胸膛轻轻抚摸：“哥看你好着没？兰敲门你没听见，哥叫你你咋也听不见呢？哥想你你都不知道……”他语气哽咽。父亲眼里也有了泪，他们紧紧地拥抱在一起。父亲老泪纵横，伯父失声痛哭。

“三娃子，哥想回家，哥走不动了，你过来扶我，三娃子！三娃子！三娃子呐——”

“哥，弟搀着你走！哥，我们都老了，哥！哥啊——”

看着父亲和伯父相拥着走在街上，一街的闲人欢呼着围了上来。

我抹一把脸上的泪，伸出胳膊，一句话也说不出来，此时此刻，只想助他们一臂之力。

母亲的四个想不到

家乡古会，亲朋相聚，热热闹闹的。母亲说，她有四个想不到。第一个她想不到，三姑娘能活下来。“放到旧社会，她早没了！”母亲说着眼圈就红了。

母亲说的三姑娘就是我。

四十多年前，我的出生好像令家族蒙羞一般。奶奶听说又是个女娃，气得病情加剧，第二天就离开了人世。叔伯婶娘们纷纷献计献策：“像老八的女子一样，尿盆里淹死去！”“要不就跟五哥学，挖个坑活埋了！”……父亲却无动于衷，始终一言不发。

一日，父亲回家，猛然发现炕上没有了我，问明情况，来不及劝慰痛哭的母亲，就一头奔向茫茫的雪野。最后，终于在雪地里发现一息尚存的我。

我是被人抱出去扔了的。那时，抛弃女婴是很平常的事。我被父亲捡回来后，虽然一直病怏怏的，药罐罐一般，但还是长大了。

其实，奄奄一息的我能活过来，除了医疗的发展及血浓于水的亲情，还和随后而来的有粮吃有衣穿的富足日子不无关系。

后来，婶娘总是有些不好意思地说：“这娃命大！”

第二个想不到，三姑娘的文章能在广播里播出，还和广播里的人吃过饭，照过相，成了电台的通讯员。

“你爸过去给广播上也寄文章，几宿几宿地在广播前守着，生怕漏了一个字，可那时有几个农民的文章上广播！”母亲回忆说。

然而，后来，我从广播中听到了庄稼人的文章，这些人不是大家，不是名人，都是和我一样的普通人。于是，我也寄了一篇自己的文章。不料第三天下午，我就听到主持人声情并茂地朗读我的文章，我的文章终于有人看了，我激动得手舞足蹈！

从此，我越发不愿放下手中的笔了。电台开设了农民说新闻栏目，这更是泥腿子们想都不敢想的事，农民中有很多有意义的事值得报道，但一般老百姓谈论一阵子也就过去了，现在可以说自己想说的话，说咱农民身边的新鲜事。我岂能错过这个好机会？我把给电台说新闻看成自己一天里最有意义的事。

2007年，我随主持人一道去了一趟杨凌，现场连线报道农高会盛况，足足地过了一把记者瘾。拿着电台给的稿费，礼泉的一位农民通讯员激动地对我说：“原来咱身边有新闻就是不知给谁说，这下咱有说话的地方了，本应感谢人家才对，却倒给咱稿费，国家看得起咱呢！”我点头，这些话何尝不在我心里翻腾呢。

2006年，我有幸去了趟陕西人民广播电台，在和主持人零距离的接触时，我恍如梦中。心中的偶像竟然就在眼前，转过去给母亲打电话：“您说一般人见不着他们的，妈，现在我见到了呀！”

在母亲眼里，广播人都是人尖子，能与他们相处无疑是露脸的一桩乐事。

第三个想不到，是她的三姑娘能出书，能加入作家协会。

当今出书虽然普遍，作家也很多，但对我这个土命的庄稼人来说却非同寻常。

书，不是一般人随随便便说出就能出的东西，看到人家出书，我也只有羡慕和向往。后来，日子好过了，有了存款，我就有了出书的念头。起初有人根本不相信，说我这样的农村妇女也能出书，除非日头从西边出来。方圆几十里，谁见过身边的农民能出书啊！同样，在乡亲们的眼里，作家仿佛也是一个很遥远的字眼。

可我坚持自己的梦想，自费出了反映农村家庭暴力的长篇小说《婚殇》。之后，不断有人打电话称赞我、鼓励我，好多人建议我将《婚殇》改编成剧本，另有不少人建议我将这本书送国家出版社再版。

我的小说得到了认可，我也第一次知道世上竟有那么多人支持我。一位蒲城的雷姓妇女还汇款给我，感谢我的书改变了她的生活，希望我多写这样的小说。于是，我又加班加点，写了大约二十一万字反映农村题材的小说《乡村风流》。

没过多久，我被省作协吸收为会员，母亲捧着散发着墨香的书，看着封面上我的照片，张着没牙的嘴说："莫把运气当本事！你真的是托了国家的福，如果是以往，你娃靠边站去，你爸咋没……"

这我知道。

我爸曾经也是一名文学青年，也悄悄地做过作家梦，但那时候生活繁重，衣食难保，父亲心有余而力不足，他的文学梦就只好中途破碎了。我加入陕西作家协会那天，父亲欣喜若狂，母亲特意蒸了大花馍让我带到作协，她说：“兰，你爸的愿望在你身上实现了，咱要谢谢人家！”

父亲说：“在过去，光家务就够你受了，还有精力看书写字！是时代好，不是你本事大。过去拉风箱烧柴草，如今煤气灶、电磁炉都进了厨房，洗衣裳和耕种都用上机械化了……”

第四个想不到，三姑娘报纸上有名、电视上有影！

闲暇时间写一些诗文先后被《作家文苑》及《检察文学》等杂志刊登，小小说《包袱》还在江苏一家刊物上发表，《那年我学唱戏》获戏曲广播一等奖，后来在全国农民读书征文中，我的一篇习作也榜上有名。虽然我写的东西难登大雅之堂，但我尽心尽力地用笔掏出心窝子里的话，我想用这些文字充实我的灵魂和生活，反映家乡今非昔比的巨大变化和蓬勃向上的精神风貌，以炽热的情感讴歌亲爱的祖国。

我的文章不断获奖，出书的事也被报纸、广播作了报道，电视台的人也来我家采访，大家鼓励我，支持我，评论家自愿为我的书写评论，文学高人不吝赐教，我得到了命运最温柔的眷顾，并同时感受到政府的重视和关爱。如今，在祖国温暖博大的怀里，我如虬龙腾空，似孔雀开屏，村里村外投来的大多是敬佩的目光，涉及笔墨方面的大小事情总少不了我，我也乐此不疲，就这样，我成了别人眼中的幸福女人。

母亲的四个想不到让我明白，只有生活富足安定，精神轻松愉悦，我才有可能去实现自己的文学梦想；只有祖国繁荣富强，才会有自己的进步和发展。我由衷地感谢党的各项惠民政策给农村带来的富足生活。我用笔反映家乡巨变，以此歌颂对祖国的热爱。我深知，每个人的人生经历无不镌刻着祖国不同时代的印记。我爱我的祖国，我愿在祖国春的沃野上永远笔耕！

中秋小感

中秋自古就被文人墨客吟诵或借以抒发相思之情。每每到了中秋，文人的笔下就多了相思的诗句，其中传达相思情苦的也不在少数。而我却对那些害“相思病”的人既羡慕又敬佩，敬佩他们背井离乡闯天下的勇气，羡慕他们拥有思念的“幸福”。

的确，思念别人是一种温馨，被别人思念是一种幸福。

然而，不是每个人都会拥有这份幸福。只有“出息了”的人才会有这样的感受，那些踢一脚不动弹的人则一生只会品尝家的味道，别说不出村，甚至连家门都不迈。家人想尽办法让他“出去”，可他认为在家多好，有吃有喝干吗让我出去？好出门不如赖在家，我就不出去！烦得家人不知怎么办才好，有的甚至托人找门路将其打发走，落个眼不见心不烦。

在我们关中农村，好多人依赖性强，没有创业精神，说什么“宁教气淘死，不教气想死”，就是说在家庭宁可多受麻烦和纷扰也不能受孤独和寂寞。

我喜欢看动物世界，大部分动物哺育下一代都不会永远养育，一旦羽毛丰满就会让它离开父母。只有人类才会相互依赖，啃老。

“有所思的父母是成功的。”我的理解是，只要儿女有出息，不会只赖在父母身边，父母才会“有所思”。好儿女志在四方，长大了就应该“飞出去”，展翅高飞，遨游天下，建功立业，给父母留一个他们的空间。给父母一个惊喜，再送上一个红包，让父母的付出与期望得到回报，儿女尽了孝，父母享了福，盖莫大焉！

如果在年轻时儿女们都如鸟儿一样飞出去，年老时儿女都飞回家，这样你的人生绝对成功！在一个屋里待久了，鸡毛蒜皮萦于心，喜怒哀乐缠于怀，你我皆凡人，谁不闹心呢？虽说“宁愿爽死，不要想死”，但我自认为，“想”也是一种“爽”的感觉。亲戚远离乡，邻里高打墙；距离产生美，时间产生美；距离任远近，只要亲情在；时间无长短，贵在心相印！思念何尝不是一种凄怆的美，不是一件乐而忘忧的事呢！

我与我的祖国

奥运会上，当国歌奏响的那一刻，我不禁泪流满面。哦！原来，我对我的祖国有这么深的感情！我的命运与祖国命运息息相关，紧密相连；我和我的祖国同喜同悲，荣辱与共，我爱我亲爱的祖国！

小时候，我到了上学年龄，因为交不起学费，于是常常被父母锁在家里，整日摇着纺车纺线。我幻想着外面的天地，盼着能穿新衣服上学校。可那时我的家不仅穷，而且因为一些原因，我们姐妹上学必然会经历一些不该是我们这个年龄承担的事，可那时的我不懂这些。

母亲拗不过我，挨家挨户地借钱，总算凑够了三块钱做学费。

报名时，当问到家庭成分时，母亲声音颤抖，容颜失色，幼小的我立即意识到是那个不光彩的字眼刺痛了她。从此，我也怕说自己的家庭成分，每每报名都让家人陪着。这片阴云一直压在我的心里。

当同学们振臂高呼打倒我父亲的口号时，我的胳膊无论如何都抬不起来。我多么期盼一个宽容以待、和谐相处的生活环境啊！

有一天放学回家，老远听见家门口鞭炮齐鸣，父亲被一群人围着，脸上满是笑容。他拉住我说："兰，好了！爸平反了！咱是中农了！”第二天，他就挥笔写了一副对联：“党中央拨乱反正十三年双冤昭雪……”

1978年，改革开放的春风吹遍大江南北，一个个惠民政策深入千家万户，一幅幅灿烂绚丽的美景很快展现在我们面前，强大的祖国以崭新的精神风貌挺立在世界的东方。国家强盛，人民之幸。整个国家都向民主和文明大踏步地迈进了，政府给我家发放了补助费，资助我们搞起了家庭副业，使我的家很快脱贫致富。

我顺利地进入了中学。报名那天，老师笑着对我说：“家庭成分已经不重要了，只要你努力，照样可以学习深造。”我不相信似的看着老师，惊喜得半天都说不出话来。

姐姐知道了很羡慕地说：“你真有福！”

父亲更是悲喜交加地说：“你赶上了好时候，好好念书！”

中学的第一篇作文我就写了那天的感受，题目是《祖国兴旺我幸运》，结果那篇作文上了校黑板报，校长还专程到小学告知此事。

从此，我“作文写得好”就在村里出了名，小学老师说：“你给咱校争了光。”于是，我就这样喜欢上了文学，我的生活也因此多了乐趣，多了快乐与希望。

“人民团结无界限，和谐社会在今天。”在祖国和谐美好的大家庭里，平静和睦的生活状态令我心情舒畅。我拿起笔宣传富民政策，歌颂幸福生活；反映时代变化，讴歌改革成果。

如今，我加入了省作协。从2007年至今共有十一篇文章获奖。我明白，是国家的好政策改变了我的命运。面对来之不易的幸福生活，我怀着对祖国深深的感激之情和感恩之心，对明天充满信心。

有这样一群绿化人

外地朋友来咸阳，总忍不住为沿途的绿化风景叫好。我也觉得脸上有光，颇引以为豪，话里就不乏自豪的成分：“那肯定的，没看谁干的，我乡党！”

我乡党干绿化不是一个人，而是一群人；不是一年，而是十年如一日地干。他们大部分不是绿化处的正式职工，却和正式职工一样爱他们的家园，心甘情愿做绿色的播种者和维护人，把扮靓城市当成自己分内的事。

这一群绿化人分布在咸阳秦都区南郊周边村寨，有退休职工、退伍军人，还有失地农民，最大年龄六十岁，最小的五十五岁，绿化的范围从陈阳转盘至阳光市场门口，绿化面积约一万平方米。

步入咸阳城市南大门，老远就能看见转盘处的铜鼎，同时映入眼帘的就是围绕大鼎四周的绿色风景，女贞、棕榈、草坪、风景树。绿树婆娑，绿意荡漾，随处都能看见绿化人忙碌的身影，他们身着印有“咸阳绿化”的马甲，或男或女，或弯腰或蹲下，补栽、修剪、绿化带冲洗，那种认真劲，像在侍弄自己赖以生存的责任田，又像女子当年给心爱的人做花鞋垫，针线细密，手工精巧。

史来钱，南郊安谷村人，曾在新疆马兰核试验基地当过兵的退伍军人，耿直、豪爽、善良热心。起初在所长姚昌利的引导下，参与了铜鼎的清洗工作，后来阳光路通车后，在姚昌利和赵军强处长的组织协助下，凭着干劲和热情，从附近村寨挑选了十几位身强力壮情愿投身绿化的男女，组建了南郊绿化小组，他自己为组长，负责世纪西路段的绿化工作。

开始，附近一些失地农民纷纷来找他，甚至还有他的亲戚，都要求加入绿化组。但他“选人”一律不看情面，要求细致且有责任心，不能胜任的绝对不要。

“要爱这项工作，要把咸阳当自己家，人要勤快，还必须身体好，能拿得动活。耍奸溜滑的混混子趁早滚蛋！我还害怕你把事耽搁了。”

“我哥，咱是亲戚啊。”

“亲戚咋了？我接这个组长，活干塌了不要紧，丢不起人。”

万事开头难，南郊人杂，好多地带还堆放着垃圾、草垛或破旧的竹筐，史来钱就耐心地给村民做工作：“你看花心情好还是看见这一堆烂草草和破筐筐心情好？”有的人不听，骂着，就是要让碍眼的东西堆在绿化带上。该得罪的人还要得罪！史来钱自己动手一个个搬离，累得腰疼，惹得妻子心疼地埋怨。

为此得罪了不少人。那些人本来就闲得无聊，便四处拉是非，闹得屋里矛盾四起。他没法给亲友解释，苦闷得用酒解愁，大醉了一场。不过，他还是他，那个把自己全身心给了绿化工作的硬汉子，一早起来就带领他的绿化组成员拉着工具车修水管、沿线维护、浇树浇草，掏土、施肥……他的语言还是那么朴素："人家把这事交给咱弄，就是看得起咱，不干不说，干就干好，不能让人家把咱小看了。"

这位普通的庄户人，为了绿化费尽了心血，六十多岁即因病去世。姚昌利、赵大战、赵军强等绿化处领导来安谷村参加葬礼，姚昌利致悼词中说："史来钱同志家里贫寒，但他从不计较工资高低，十年如一日，勤勤恳恳、无怨无悔地投身于绿化事业，我们要向他学习……"

他的事迹影响了他的小组成员，史平虎含泪拉起了史来钱常拉的那辆装着铁锨水管等的工具车，成为新组长；朱燕雀擦干眼泪，扛起药机就去打药；马雪莉是最小的一个，干惯了庄稼活的她浑身都是力气，摆花造景，移树栽植，样样都不在话下。朱彩霞、曹丽云、曹桂贤、段家堡老王等十八位组员深深地给老组长鞠了个躬，回到自己绿化的区域，忙碌在每一个道路节点的每一个角落。

史平虎是一位退休职工，爱人是四川人，他说："咱把咱这儿拾掇得漂亮些，丈人家有人来咸阳，我也能说起话，埋皇上的地方，不是吹，绝对让他夸。"丈母娘果然就来了，但当时史平虎刚任组长，迎接检查，早出晚归，几天没陪老人说话。老人回去很生气。

过了几年，史平虎专门把丈母娘从四川接来，开着三轮车，来回看了三遍自己的绿化养护区域。果然，被老人夸了。

农村人喜欢放炮，不年不节也放，买个车、盖个房、生个娃、死个人都放炮，烟花爆竹纸屑落在绿篱上，草坪花卉也跟着沾光，塑料袋、纸团、烟头等影响美观，史平虎就常常弓着腰一点点清理。个别绿化带树丛密集的地方开始时屎尿遍地，脏乱不堪，他想办法从外围清理，带刺的花木刺得手和脸生疼，他扬手一抹，继续去干活。

塌塌井是隐藏的地下水道，在村路边，不容易被人发现，他时刻提醒大家注意安全。他以身作则，不辞辛苦，哪里需要哪里去，哪里活紧，哪里就有他的身影。

绿化组的成员们顶着酷暑，冒着严寒去补植草皮、补植行道树、更换鲜花，整日忙得不亦乐乎，秋日，为了花木安全过冬，采取浇水提高地温，给脆弱的树缠草帘子。

事多人少，多是加活不加钱，但大家始终无怨无悔，克服工期短、任务重，植被养护工作量大、工作面长等困难。史平虎说多亏赵军强指教，要不面对这么多困难，他们早就乱了阵脚。

得知咸阳被评为全国绿化模范城市，他们比谁都开心。

“人咋这么怪呢，听人夸赞咸阳美就像夸咱屋子漂亮一样，心里美滋滋的。”曹桂贤说。我又何尝不这么想呢？朋友来家，领着他们一路走，一路看，一路感叹，道旁花飘香，古都绿荡漾，多么美啊！我的咸阳，你就像一个千娇百媚的妙龄少女，无论触摸到哪块地方，都会让人生出千种柔情万般疼爱！

一群平凡的绿化人，用他们的汗水和努力呵护这美丽的咸阳，给天地增加欢喜，给城市平添绿意，绿荫满城，美景如画，出行的人们心情愉悦。远远看去，我发现，他们才是咸阳最美的风景！

那个瞬间，我哭了

——参加陈忠实先生遗体告别仪式感怀

4月29日，我的朋友圈和微信群全是有关陈老师的消息。能让这么多人追忆他，能活成这样，陈老师值了！他用自己的品行赢得了世人的敬仰和尊重。

5月4日下午两点，我跟着十三位陕西作协会员，身着正装，在王芳闻老师和薛云平老师的带领下，来到陕西省作家协会内的高桂滋公馆，祭悼著名作家陈忠实先生。

先生灵前，我们佩戴着写有“哀念”二字的小白花，鞠躬、默哀、祭拜。王芳闻老师给每人发了一束黄菊花，我们手捧菊花依次走过去给先生敬上。

默哀时，好多人哭了，但我没哭。作为一名普通读者，我和他见面大都是他在台上我在台下，谈话也是电话中。他的离世，我虽然很难受，眼泪早在眼眶里打转了，但我克制着自己，就不让它掉下来。女儿说我哭的时候最不好看，所以我一向隐藏自己的哭相。

一次文学活动，陈老师也在现场，大家纷纷和他握手并合影留念。乡村人的害羞、自卑使然，我始终不敢近前，只能羡慕地看着，之后埋怨自己无能，遗憾又失去了一次机会。

不久，找到灞桥一位与陈老师很熟的朋友，让他引荐我认识陈老师。灞桥朋友对他说了我的情况，陈老师让我第二天早上去作协找他。我当时还是没信心，心想得拿作品说话，犹豫着想等出了书再去见他，于是就没有去。直至后来打他电话，他说身体不好，到了保命阶段，让我去作协将书给司机杨毅，让杨毅给他。他的话语亲切，让我这个无名小辈万分感动……

1994年，弟弟和妹妹凑钱帮我买了《白鹿原》。我曾打电话请陈忠实老师让他给我在书的扉页上签名，陈老多次让拿过去，先是让灞桥朋友捎话给我，后是电话里说。我一直忙着养家糊口，想等有文学活动时顺便将它与我的《婚殇》一同带去。心想，陈老师病好了说不定还会来咸阳讲课，以后机会多的是。没想到现在，现在，再也签不成了。

我很想哭，但我没哭。

有人说，陈老师是老农民，陈老师和我一样也是土生土长的农民，农村人干成一件事不容易。他一定受了艰辛、受了无数的苦，受了我们不知道的苦。

我想哭，发现有记者拿着相机拍照，我走出去了。

晚上住在作协附近的加利利酒店，便于第二天准时参加告别仪式。吃饭时，文惠的轮椅进不了饭店门口的门槛，叫来服务员帮忙，我教他用脚踩后边，他抬着踩，用劲过大，眼看文慧要从斜斜的坡沿翻下来，我一惊再一急，左手狠劲将轮车提了上去，我惊叫一声，只觉左手手腕疼得厉害，筋扭了一般。受了伤，才深感文慧的不易，她虽如此却坚持写作，把家打理得好、女儿养得好、皮肤护理得好，更重要的是她积极向上努力进取的心态……

5月5日早上6点，和部分作家一起乘坐省作协大巴去参加陈老师遗体告别仪式。上车时，王芳闻老师还有王顺利等领导伸出了关爱的手帮助文惠，让我看了眼睛湿润。受他们影响吧，此后我始终陪着文惠，上台阶、过马路、排队……忍着手腕的疼痛，陪伴在她左右。

一大早。殡仪馆咸宁厅前，已经聚集了来自社会各界的千余名群众。7点多，告别厅里挤满了人，竟还有两名男子冒充陈老师的家人混进瞻仰大厅，见他们头缠厚厚的孝布，低着头一脸哀伤，我也以为是陈老师的亲友呢，最后二人被保安识破赶走。来悼念的人越来越多，楼上也满是人。渐渐的，我和文惠被挤到一边了，有人劝我把文惠放下，先随队上台瞻仰。我摇摇头没有答应。我们在人流里一会儿被挤到左边一会儿又冲到右边，最后到了场边，紧挨着众多媒体人，站在了陈老师的亲友区旁。

追悼会正式开始后，我们找不到原先同来的八个人。腿都站得麻木了，工作人员让大家让出一条路，我才推着文惠上了瞻仰台。

悲痛、凝重的气氛让我又一次想哭，当看到那枕着《白鹿原》的瘦弱面孔，我再也控制不住了，心底早哭出了声："陈老师，我来给您送行来了！咱农村人干成一件事太难了，您一定受了我们不知道的苦！"我哭了，哭是我最难看的表情，我将头扭向一边，有人还是看见了，她递给我纸巾说："你这会儿的样子才上相，干吗躲躲藏藏非要掩饰呢？"

母亲的花

“活着不显期，死了七撵七。”父亲去世一百天了，和头七、二七、三七、五七一样，我们姐妹提前蒸好了献馍，带着祭品——水果和点心，还有香蜡纸等，来到弟弟所住的“荒郊野外逃难屋”祭拜父亲。

路还是不通车的土路，那么难走、崎岖、尘土飞扬，实在走不动了就在那个大涵洞歇歇，听过路人一个个埋怨：“咋没有人管管这路？”

父亲是从“逃难屋”走的，灵堂设在这里。哭拜一番，忽见灵桌旁有一盆特好看的花，猜测可能是哪位亲友买的，心想送花就是好。父亲特爱花，城里人也早用花祭奠了。自己怎么就没想到买几盆花来。

待细看时，才发现是特制的一盆塑料花。问清才知是母亲做的。母亲今年八十岁了，以前身体好，照顾父亲没黑没明的也不见说累。没了父亲，她因为悲伤过度住进医院前不久才出院。

父亲在世时，郭村那个家屋前屋后种满了花，居室厅堂也被装成了花的屋子。母亲和父亲一样爱花，不同的是母亲还喜欢画花、剪花、绣花，也因为如此，我们姊妹小时候常常被人羡慕。外婆是我们那儿有名的巧手，画、剪、绣无人能比。母亲和几个教书的舅舅和姨姨们经常感叹，说可惜了外婆那一手绝活。

母亲把父亲的遗像放在床头，眼看百日到了，就谋划着为父亲做盆花。

拆迁后搬到弟弟专门给父母盖的临时屋里，手头没有笔墨和纸，母亲就出去捡些塑料袋和包装袋回来，意外的惊喜是还捡回几支已经打开的水彩。她把塑料袋折叠好，细细地剪成一朵朵花的模样，再扎好，固定在用包装纸卷成的“花秆”上，再用棉签蘸着水彩，水彩里加些水还是画不上，母亲就只好蘸父亲没用完的紫药水画，画的太阳、锅碗瓢盆，就连世界都成紫色的了。母亲又在花的枝丫上涂抹几笔，添了枝节，变成竹竿，花就如同开在竹竿上一般。母亲说：“这叫竹子开花节节高，你爸在那边能享福呢。”

父亲生前爱干净，衣兜里总装着用来剪指甲的小剪刀，还有一把夹核桃的小夹子。母亲让拿到坟前烧了，大家不让，有人说那是凶器烧不得。母亲就把这些画出来，然后照着剪下！

母亲说：“可以烧了吗？桌裙和葡萄是我画的，竹竿和花是我给他做的，都是假的。花盆也烧了去，底下插花的盆子是你爸用过的，是真盆子。”

附文　关于作家姜兰芳

一

姜兰芳在几部长篇小说出版后产生了较大影响，媒体在其名字前总冠以“农民”二字，连我所在的文联机关年终总结中提到她的创作成就也被动地写成“农民作家姜兰芳”云云，今天想来不妥。

作家就是作家，我所理解的“作家”称谓是文学创作在一个地区有影响且除文学意义的成功外有物质意义的斩获改善生活者。姜兰芳够这个条件。但“农民”二字在目前的中国还有贬义和歧视的意思，所以我不喜欢把她定位为“农民作家”或者“农民女作家”。作家就是作家，与职业无关，与性别无关。

我很高兴，通过多年的努力，姜兰芳用她的文学成就证明了她无愧于咸阳作家的荣誉，尽管她获得的荣誉还有许多。

二

和姜兰芳的结识，大约是2007年夏天。一日，我从宣传部调入文联不久，去市图书馆参加一个文学活动，我老家的老校长冯先生给我一本《婚殇》，说作者是渭河南安谷村的农民，是妇女，种庄稼和蔬菜。此前，我已经隐隐约约在朋友圈和媒体上多少听说了姜兰芳，作为一个喜好文学和出版几本书的作者及文联机关的负责人，我很想结识这个人，苦于没有机会。

我很熟悉安谷村，与我外婆家和几个姨母的村子糖葫芦似的散落在渭河南岸，我小时候走亲戚经常经过，且我的一个表姐就嫁在该村，表姐结婚时我还是读小学的孩子，坐在蒙了芦苇席子的胶轮大车后沿，大冬天从西张村好几里路摇到安谷村，没当上干波娃坐在温暖的车厢与新娘子一起享受的委屈四十多年了依然记忆犹新。表姐很善良，与我一直有联系，所以我对安谷村的姜兰芳就有了别样的兴趣。

因为忙，最早拿到的《婚殇》时我只是简单地翻了翻，没有细读，但对一个生活在农村，且是菜区的女农民的文学理想很是敬佩。

没多长时间，我根据熟人提供的电话，联系到了姜兰芳，与朋友相约，去她的家看望，顺便看望表姐。

三

但起初与姜兰芳的交流不深，不知何时开始，有了博客。姜兰芳又写了第二部小说《乡村风流》贴在上面，我仔细读，发现她虽然读书量没有我身边生活在城市的文友们多，但是文笔朴实生动，细节鲜活，浓厚的关中风情扑面而来。她的视觉定位在家庭中弱势群体的农村妇女身上，为她们的喜悦而喜悦，为她们的痛苦而痛苦，尤其是长篇小说开头的一万字甚至几千字用一个小冲突引出主要人物。她很会讲故事，很会抓住读者，有相当大的小说天赋。

我联系她，请她把小说全文的电子版发给我，一是关注她的创作，二是学习丰富自己的创作。听说她的家人不太理解她的创作，我再次请了一位朋友作陪去了她家，她很热情地弄了几个凉菜，请我们喝酒。我送去自己的书，坚持让她的丈夫一起吃饭，聊文学和生活的关系。与姜兰芳的热情好学不同，她的丈夫是不善言辞的实在人，当过兵，瘦瘦的，高高的，从长相看年轻时肯定英俊潇洒。丈夫嘿嘿笑着说："冯老师这么大的名人领导到我家来。我看呀，一个农民，过好日子就行了，写什么书。"他显然受了妻子的影响叫我"冯老师"，这让我多少有些惭愧。

我说："一个人不过日子不行，但日子过好在不影响健康和家庭的情况下写小说是好事情，希望你支持兰芳的创作。"

她丈夫说："冯老师的话在理。"

此后一段时间，听说姜兰芳的家庭和谐，《婚殇》《乡村风流》两部长篇小说被省作协慈善资金扶持公开出版，《中国妇女报》等许多媒体报道，市妇联还授予她"咸阳最美妇女"称号，特别是茅盾文学奖评委李星先生听说她的事迹后，主动为她再版的长篇小说《婚殇》免费写热情洋溢的评论，评价很高。

兰芳也经常出席省市的一些文学活动，在省内外出了名，家里的日子有所改善，孩子的婚礼有了四面八方的文友到场，在村里影响很大，这鼓舞她继续写下去。2015年年初，她的第三部长篇小说《风雨残红》将出版，第四部小说也开始创作，比我这个各方面条件都比她优越，创作成绩却不大的“作家”进步都大，这是让我非常高兴的事情。

四

姜兰芳的文学成功，我以为意义很多。首先，文学是一种高质量生活的方式。姜兰芳在付出常人几倍甚至几十倍的努力下，把庄稼弄好、家庭经营好的前提下坚持文学，且著述颇丰的精神，实现了她自己和与她处境经历相似的人们的精神梦想，这很有励志意义，值得大力弘扬。其次，作为一位作家，姜兰芳的作品充满对生活的温度，用温暖的文字把她的所见所闻、所思所想的人物故事编织成精彩的作品，读起来让人对生活充满期望和梦想，这种充满责任感的文学作品不但是姜兰芳个人的成就，也是我们这个庸俗垃圾文化泛滥的多元化社会特别珍贵的精神瑰宝，值得予以充分肯定。作为一个地方文联的负责人，反思许多年对姜兰芳关心支持的微小我感到惭愧和不安。姜兰芳用她的坚韧和卓越给我许多鞭策和鼓舞，我完全应该坚守自己的文学立场和精神操守，做好自己的创作，更要带动和做大所在地区的文学底盘，向更大的文学阵地加速前进。

我想，这应该是作家姜兰芳对我们所处的社会的意义吧。

咸阳市作协副主席、咸阳市秦都区文联主席　冯西海

后 记

环顾四周，桌子上、床头、厢房里，甚至麻将馆里都放着我正在看的书。还是那个习惯，陪着书的，总有笔和烟盒纸。想不到书和笔还在我的生活里！这一切，常常让我怀疑自己是否还活着，因了它们，我好像已经死过一回了。

学生时代，每篇作文都会给我带来荣耀，后来，我知道自己永远是务农的命，就下定决心“清除杂念，过好日子”，我强迫自己断绝与文学的任何情感。可是“藕断丝连”，婚后动不动就“移情别恋”，想和它再续前缘，可是家里太穷了，公婆还分给我好多债务。

开始时，我是写在捡回来的小烟盒上，那玩意儿纸质挺好，有的上面还有金箔纸或薄薄的一层硬塑料纸护着，即使从泥水里捞出来，揭掉“外壳 ”，里面照样干干净净的。因为我那时只有一支铅笔，在上面写字就不会模糊了。家人一直不明白我捡那些烟盒子干什么，有次亲戚和我逛商场，要扔掉我包里的几个烂烟盒，我就是不让她扔，她扔掉我捡回，我捡回她又扔掉，最后竟然和她翻脸。发现我有捡烟盒的“怪癖”，她慌张起来，以为我精神不正常了，给家人汇报，家人从此不许我丢人现眼捡烟盒子。

多年后，我开店卖烟。家里的烟盒多了起来，而且不再是小烟盒了。这些烟盒我用都用不完，根本不用去捡那些脏兮兮的。灵感来时只写在烟盒上，一间空房子堆了好大一堆。收破烂的装着装着总要说："咋都写着字呢？"

"小孩在这上面写字节省本子。"

我那时总觉得村里没有人能和我说到一块儿，就把要说的话在烟盒上发泄。大多时候在上面过过写瘾，有日记，有生活感悟，也有诗歌散文，写完丢进那个空房里。堆得多了，就让收破烂的收走。有次爱人的一位战友从云南回来，把一张烟盒纸抽下垫箱子，谁知，不久寄信来，说烟盒纸上的文字被他们领导看上了，问我谁写的。我那时仍然没想到书和笔有朝一日会和我成为不离不弃的好朋友。

如今，我已经有手机和电脑方便书写了，烟盒纸却还是要写满东西再扔。有事出门，包里照样装着烟盒纸，村人让写东西，我也总是写在烟盒纸上。然而，那一屋子烟盒纸上的诗文却再也写不出来了！

想写就写，写完就扔，写的不少，存的也不多，能看下去的更没有多少。感谢张永贤老师推荐，现在能付梓出版这本随笔。

2015年11月27日傍晚，毫无防备的，我被上门执法的文化执法队的警车惊得失魂落魄，以至于后来好长时间都惊魂不定，不敢再看自己的文字，我迁怒于文字，心一狠，将它们销毁粉碎以解心中之痛。

真如娘打孩子一样难受，事后我心里很乱，羞于和文朋诗友交往。我觉得自己不配！觉得自己没资格！可我追随文学多年，这份情感也不是说轻易就能割舍的！我疯了一样找寻被我枪毙、毁掉的"孩子”，但只能看到很少一部分的电子版。

2015年年底，医生说我需要做一个手术。那时，我就有个愿望，在手术前夕将自己仅存的“孩子”安顿了，也不枉孕育它们一场。老天眷顾，真的派人来帮我了，真的让我欣喜若狂了！早知道有这样的好事，我那些文字也不会消失，还好《孟夏草木长》的出版让我多少能保存一些，给自己一份慰藉！

上苍没有让我从事高雅的工作，却教会了我干农活，熟练地使用锄头铁锹，我很自豪！因为我的许多朋友都没有这个本事。他们甚至不知道绑蔓打尖是什么意思。我觉得自己不比他们差，正所谓天生我材必有用。

劳作之余，我也想来点“阳春白雪”，虽然干农活的手写东西不怎么行，但我还是喜欢没事用我手来写我心。

我写的时候没想到会有人看我的文字，以为写了全是丢弃的。本来可以思考一下用更漂亮的词语写出来，我却懒得再琢磨了，脑子里蹦出啥就是啥。有时也因为太忙，有时更是屋里太吵。写出来只图舒服，就不太认真。文字就似田间生长的草，随意滋生蔓延出来。比不得花园里的花那么赏心悦目，遗憾多多。

这其实是一本五花八门的杂记，有随笔、杂谈、故事等。谈笑风生，人间百态，嬉笑怒骂，虽不拘题材形式，任意发挥，却也是从我心里流淌的文字。

好多年前，我在地里挥汗如雨，时常和村民说笑话。生活所迫，一段时间后，不得不丢下年幼的孩子，去建筑工地拉沙子，搬石头，在那里和民工侃大山，我的言语变粗，声音和他们一样高。渐渐的，就发现身边竟没有一个谈得来的朋友，于是想着什么时候才能和有文化的人做朋友，后来，我坐在自家的杂货店里，村民们纷纷进入麻将场，独有我在哗哗的麻将声中看书写字，听到的是讽刺挖苦，看到的是不理解的眼神。我就想，什么时候我这种不同于别人的行为能得到认可、肯定、理解和支持呢？眼下，我要说，这一切已经不是梦了！

无数次获奖是我没想到的，学生时代奖状几乎贴满闺房，父亲的大木箱子里都装不下了。婚后得到的获奖证书常常被我随便丢弃。后来，一位编辑老师建议我保存下来，才有了如今一箱子的荣誉证书。现在，获奖对我来说已不再重要，重要的是我知道自己这么多年的坚守没有错。

我是想让文字替我结识那些崇拜但无缘相见的人，想让我的书替我跑路，去我想去却去不了的地方！

但愿一切随心如意！

姜兰芳

2016年10月22日